INIA

CB060835

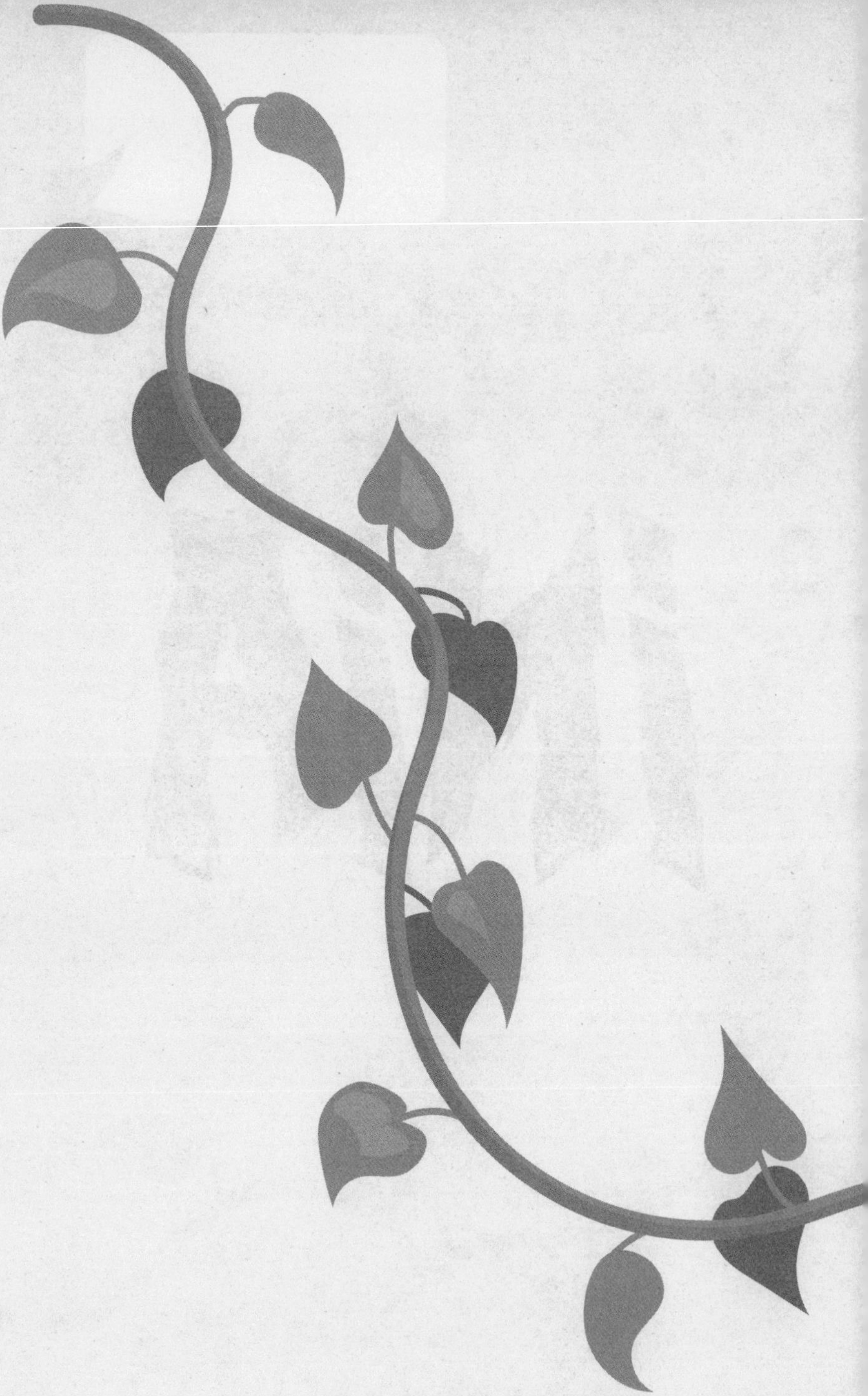

MARCELA MARQUES MONTEIRO

INIA
E a vingança do Canaimé

ns
SÃO PAULO, 2022

Inia e a vingança do Canaimé
Copyright © 2022 by Marcela Marques Monteiro
Copyright © 2022 by Novo Século Ltda

Editor: Luiz Vasconcelos
Assistente editorial: Lucas Luan Durães
Preparação: Walace Pontes
Revisão: Luciene Ribeiro
Diagramação: Manoela Dourado
Capa: Hamilton Ribeiro

Texto de acordo com as normas do Novo Acordo Ortográfico da Língua Portuguesa (1990), em vigor desde 1º de janeiro de 2009.

Dados Internacionais de Catalogação na Publicação (CIP)
Angélica Ilacqua CRB-8/7057

Monteiro, Marcela Marques
Inia e a vingança do Canaimé / Marcela Marques Monteiro ; ilustrado por Hamilton Ribeiro. -- Barueri, SP : Novo Século Editora, 2022
  144 p. : il.

1. Literatura infantojuvenil brasileira 2. Folclore brasileiro I. Título II. Ribeiro, Hamilton

22-5916   CDD 028.5

Índices para catálogo sistemático:
  1. Literatura infantojuvenil brasileira
  2. Folclore brasileiro

<ns
uma marca do
Grupo Novo Século

GRUPO NOVO SÉCULO
Alameda Araguaia, 2190 – Bloco A – 11º andar – Conjunto 1111
CEP 06455-000 – Alphaville Industrial – Barueri – SP – Brasil
Tel.: (11) 3699-7107 | E-mail: atendimento@gruponovoseculo.com.br
www.gruponovoseculo.com.br

DEDICATÓRIA

Aos amores da minha vida: minhas filhas Bárbara e Ana Júlia; e, meus pais, Augusto e Elci.
Às minhas irmãs Márcia e Marlene, que me incentivaram a continuar a contar as Aventuras de Inia na Amazônia.
Aos meus irmãos Miquéias e Gabriel, que sempre me apoiaram.
À minha cunhada Dóres e ao meu cunhado Hendds.
Aos meus queridos sobrinhos e sobrinhas: Markus Kaul, Catarina Vitória, Aleff David e Murilinho.

Esta é uma obra de ficção baseada nas lendas e mitos da fronteira Pan-Amazônica. Qualquer semelhança com fatos e nomes é mera coincidência.

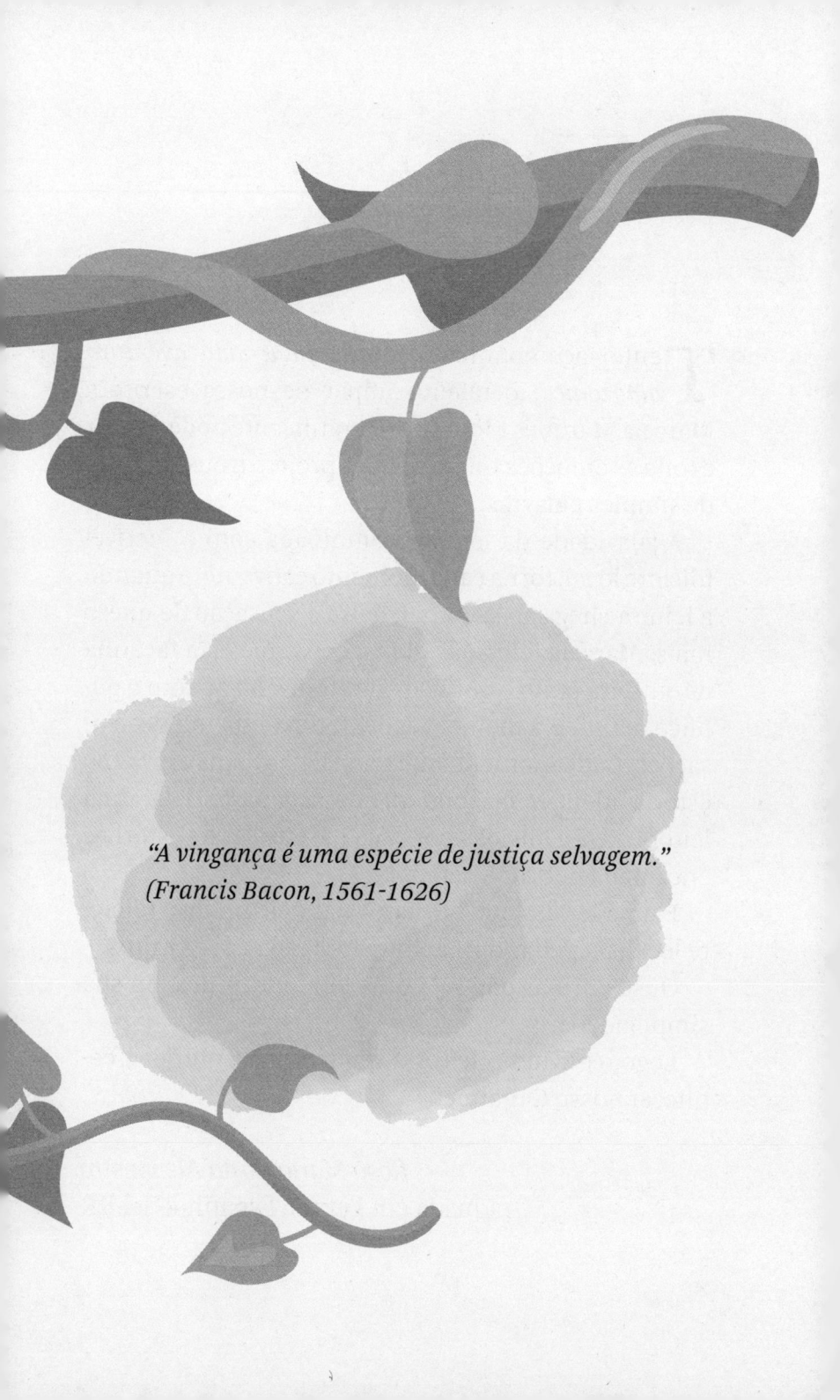

"A vingança é uma espécie de justiça selvagem."
(Francis Bacon, 1561-1626)

PREFÁCIOS

Tenho acompanhado, desde *Inia: uma aventura amazônica*, o talento ímpar de nossa escritora Marcela Marques Monteiro. É gratificante poder trazer à tona as emoções que este novo projeto trouxe através de simples palavras.

A suavidade da leitura, combinada com o incrível folclore local, torna cada momento cativante; e quando a leitura chega ao seu final, deixa a sensação de quero mais. Marcela, em suas obras, consegue esta façanha de entreter tanto o público infantojuvenil quanto o público adulto e a melhor idade. É uma mistura de sensações! Cada momento me toma pelas mãos e leva-me estória adentro, fazendo que eu faça parte dela, uma leitora ativa e ansiosa por cada desenrolar da estória e encantada por cada detalhe.

É uma leitura que nos faz viajar pelo imenso folclore local, respeitando a cultura indígena e seus mitos.

Ouso afirmar que seja uma obra magnífica em sua simplicidade.

Logo, convido o leitor a viajar nas aventuras e conhecer nosso Canaimé.

Rosa Maria Costa Alencastro
Graduada em Letras-Espanhol/UFRR

Aguardei ansiosamente pela continuação de *Inia: uma aventura amazônica*, e a espera valeu a pena. Voltar ao nosso folclore e reviver todas as lendas e mitos é prazeroso e maravilhoso. A estória continua com uma narrativa encantadora e leve. Continuar a ler o romance, que mescla com lendas da nossa Amazônia e só enaltece a cultura, costumes e crenças da nossa região, é um gostinho de querer mais um terceiro livro. Quero enaltecer a querida Marcela, nossa autora, que traz nesta continuação a mesma essência, pureza, magia e muito amor que encontramos na primeira aventura de Inia. A leitura é um verdadeiro deleite, e a cada página ficamos ainda mais presos e fascinados com esta obra tão rica e cheia de misticismo, que nos prende do início ao fim. Tenho a certeza que o leitor não se arrependerá de cada página lida. Eu aguardo ansiosamente pela sequência dessa trilogia encantadora, inteligente, mística e atemporal.

Helouise de Fátima Freitas Perrone
Graduada em Letras-Francês/UFRR

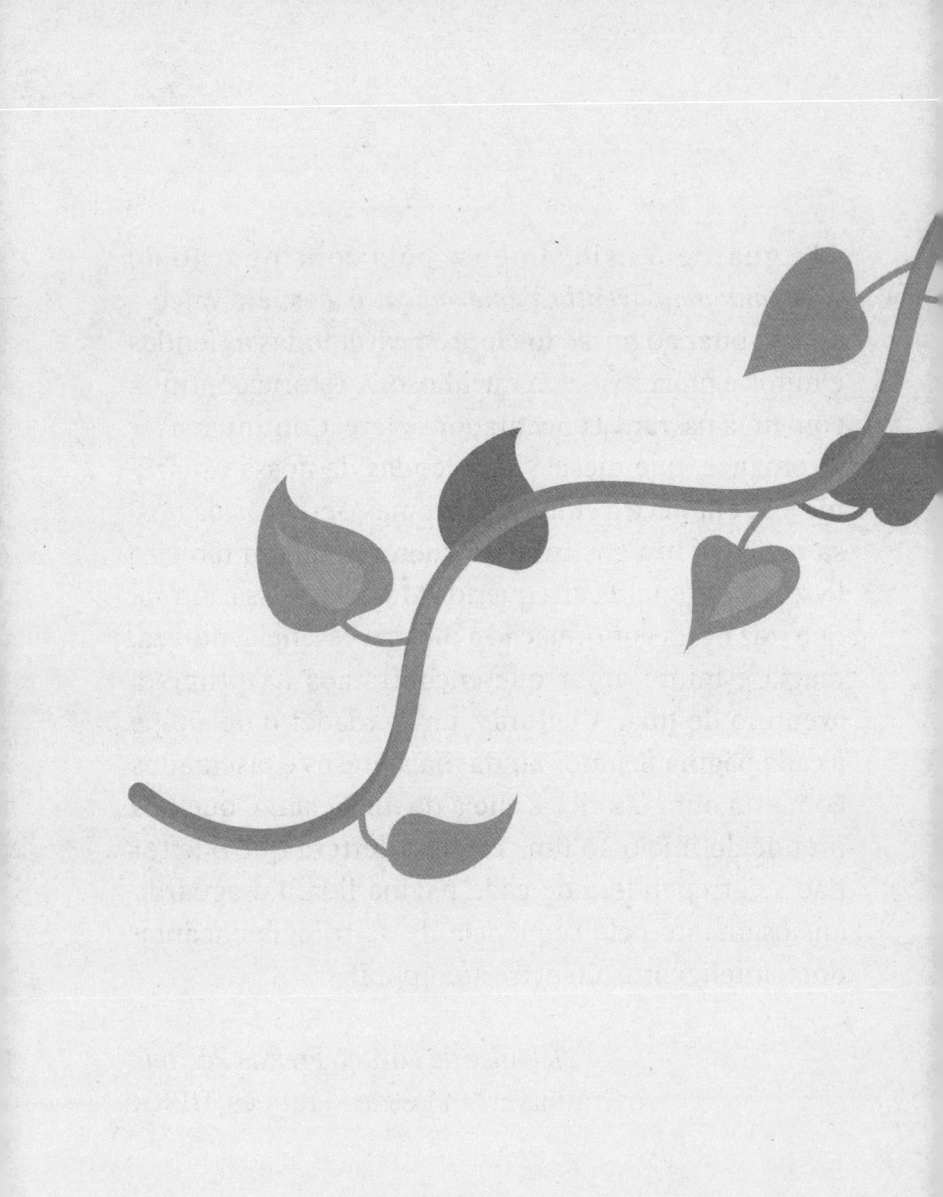

NOTA

Inia e a vingança do Canaimé é o segundo livro da *Trilogia Inia*. A história começa após os acontecimentos do primeiro livro, *Inia: uma aventura amazônica*. Quando me propus a contar as aventuras de Inia aqui na região norte do Brasil, o fiz com o intuito de narrar uma história que fosse ambientada na região amazônica, que é plena de lendas e mitos. Além disso, a natureza exótica da região promove um cenário fantástico que corrobora o mote desta obra.

Comecei a escrever primeiramente para minhas irmãs, mas a narrativa ganhou asas e voou para além da leitura de parentes e amigos. Leitores não só de lugares próximos – Amazonas, Pará, Maranhão –, mas também de lugares mais distantes – Santa Catarina, São Paulo, Minas Gerais, Rio de Janeiro e Pernambuco, dentre outros do Brasil, que tem dimensões continentais –, leram *Inia* e se aventuraram com a obra no Monte

Roraima, na Serra do Tepequém e no sítio Paraíso, lá às margens do Uraricoera. As escolas públicas do meu estado, Roraima, escolheram ler *Inia*: Escola Estadual Presidente Costa e Silva; Escola Estadual Senador Ulisses Guimarães; Escola Estadual Camilo Dias; Escola Estadual São José; Colégio Militar Estadual Coronel Derly Vieira Borges (escola em que eu leciono com muito orgulho). Além disso, grupos de leitura, como o *Leia Mulheres*, me deram a honra de escolher *Inia* para sua lista de leituras.

Todo esse envolvimento social me incentivou a continuar contando as aventuras de Inia, uma menina de fora da região, de outra cultura, que vem para Roraima a passeio. Inia tem a função de mostrar a todos, com os olhos de marujo de primeira viagem, os encantos e as belezas de Roraima, a região mais setentrional do Brasil: um estado brasileiro que tem um pé no Hemisfério Sul, mas todo o resto do corpo no Hemisfério Norte; um estado multicultural e plurilinguístico, orgulho dos *roraimenses* (aqueles nascidos em Roraima) e dos *roraimados* (aqueles que escolheram Roraima para viver). E, para quem que não conhece Roraima, eu vos convido a fazê-lo por intermédio da *Trilogia Inia*.

Marcela Marques Monteiro
Doutora em Letras Neolatinas/UFRJ

CAPÍTULO I

A noite estava úmida. As noites de maio já começavam a ficar úmidas na floresta nessa época; esta estava especialmente úmida. O período de chuvas na fronteira do Brasil com a Guiana Inglesa já começava a dar seus primeiros sinais de que estava chegando e, no fim da tarde, uma chuva fina aveludou as folhas da floresta com suas afáveis gotas. Mas o tempo estava para mudar, e as poucas nuvens dariam espaço à rainha da noite, a lua cheia.

O sol, camuflado pelo cinza nebuloso, morria por detrás da floresta densa da Amazônia setentrional. O rio Tacutu, com suas águas caudalosas, dava um toque de magia à sinfonia do entardecer. Ao longe, ouvia-se o movimento das águas junto ao canto das cigarras, grilos e rãs. Vez ou outra, ouvia-se o piar da coruja; uma ou outra guariba gritava, ao perceber a aproximação da furtiva onça pintada na escuridão da mata. Mas nada disso se fazia perceber por Katirina. Ela estava concentrada no piseiro, uma festa dançante, regada a muita bebida para comemorar a grande coleta de mandioca realizada pela comunidade. Lá estava ela, ansiosa, pois iria encontrar-se com Petrinho. Ele havia lhe prometido todas as danças da noite.

Tentando enquadrar a boca no pequeno espelho retangular de moldura plástica alaranjada para passar o batom vermelho que sua irmã Thayna lhe dera dois dias antes, quando chegou de Bonfim, Katirina só pensava se Petrinho iria gostar do vestido florido e da sapatilha roxa que combinava, para fazer bem bonito na festa. Era a primeira vez que sua mãe Marcily e Seu Renddys permitiam que ela fosse ao piseiro com o seu pretenso namorado. Era óbvio que não iria sozinha na companhia de Petrinho, os parentes iriam bem juntos: Thayna, sua irmã; Alfy, seu irmão; Biel, seu tio; e ainda Kael, seu primo. Mas ela estava confiante de que isso não seria um impedimento para se divertir a valer com Petrinho.

Katirina morava em uma maloca, próxima ao município de Bonfim, no estado de Roraima, bem no *nortão* do Brasil. Maloca, para as pessoas de Roraima, poderia ser considerada uma casa, mas também uma comunidade de indivíduos originários da região. A casa de Katirina era feita de barro e de madeira coberta com palha de buriti – era grande para os padrões das casas da maloca. Tinha três cômodos: o quarto dos pais, a cozinha, que também era sala, e o quarto que dividia com Alfy e Thayna. Cada um deles tinha sua rede; e, quando Thayna estava em Bonfim dando aulas na escola em que era professora, o quarto ficava até mais espaçoso. Mas naquele momento não se via espaço algum no quarto, pois Thayna não parava de falar, não parava de andar de um lado para o outro, mais parecia uma onça enjaulada. Ela também estava ansiosa para rever seu namorado; depois de quase dois meses sem vir à maloca, a saudade lhe apertava forte o peito. Olhava seu relógio impaciente, porque Alfy não voltava da casinha que ficava nos fundos do terreno de sua casa e servia de banheiro, e estava atrasando a saída para festa. Até que, depois de muito chamar e gritar, o menino apareceu:

– Calma, mulher! Parece que vai tirar o pai da forca. Eu já tô pronto. Só faltava tirar água do joelho – falou Alfy.

– É que ela tá aperreada pra encontrar com o Raylã. Não para de falar no cabra o dia todo. Ela pensava que ele ia vir aqui pra saber dela, mas ele passou a tarde tomando *caxiri* e pescando piaba com tarrafa pra pesca de mais à noitona, quando a lua cheia tiver lá no alto – disse Katirina, toda empolgada e com um olhar de quem estava pensando nesse "depois mais à noitona".

– Ah! Chega de falatório e vamos saindo. Tá escuro lá fora. Aproveitem e peguem suas lanternas, porque a trilha pro *tapiri* do piseiro tá escura, já que a lua ainda vai demorar pra sair – esbravejou Thayna.

Os três se despediram dos pais e saíram pela trilha que levava ao *tapiri*. O grande *tapiri* do piseiro era uma espécie de palhoça, feita com madeira reaproveitada da floresta, palha de buriti, e o chão era de cimento queimado, um tipo de cimento alisado que era excelente para as festas dançantes, às quais era destinado o local. A maloca tinha gerador de luz em algumas casas, inclusive na casa de Katirina, graças ao salário de professora economizado por Thayna. No *tapiri* também havia um gerador que a comunidade toda se esforçou para comprar, pois eram muito festeiros e, sempre que podiam, gostavam de se reunir no *tapiri*. Esse dia era especial. A mandioca colhida daria para fazer muita farinha, e muita farinha significava dinheiro entrando para todos.

O povo do Norte do Brasil tem a farinha de mandioca como alimento básico – e não passam um dia sem consumi-lo; mas naquela época os preços estavam subindo a olhos vistos, e isso era ruim para a população em geral. Mas, para a comunidade de Katirina, que ficava a uma hora a pé de viagem até o município do Bonfim, em Roraima – onde vendia boa parte da sua produção de farinha –, esse aumento de preço iria significar redes novas, sal, sabão, cimento, arroz, carne seca etc. Enfim, iria ajudar muito na subsistência de toda a comunidade.

Depois de uns cinco minutos de caminhada na trilha, já se podia ver as luzes do *tapiri*. A música era tocada por uma banda de rapazes da própria comunidade. A musicalidade era familiar a muitos parentes: via-se teclado e até uma guitarra embalando a dança de alguns casais que já estavam no meio da pista.

Ao entrar no *tapiri*, Katirina logo percorreu todo o ambiente com o olhar, buscando encontrar Petrinho. Ele estava ao lado de Raylã, que tinha na mão uma cuia cheia de *caxiri* e conversava alegremente com dois amigos perto da banda. Thayna foi juntar-se aos meninos, seguida de perto por Alfy, enquanto Petrinho ia ao encontro de sua querida Kati.

– Oi, Kati! Achei que os teus pais tinham desistido de te deixar vir aqui – disse Petrinho ao se aproximar, exibindo o sorriso largo que Katirina adorava ver estampado em seu rosto.

– Nem foi isso. O Alfy resolveu ir na casinha bem na hora de sair. Ele quase foi esganado pela Thayna, que tava louca pra matar a saudade do Raylã – falou Kati, enquanto segurava a mão que Petrinho lhe estendia, já puxando-a para o meio da pista.

Katirina deu um selinho nos lábios de Petrinho, e ficou aliviada por não sentir o gosto de *caxiri* na boca de seu namorado. Por mais que a bebida feita da fermentação da mandioca fizesse parte da tradição de sua comunidade, ela não queria passar o resto da noite com o namorado alcoolizado; então não perdeu tempo para deixar isso bem claro para ele.

– Ô, Petrinho! Não queria te ver bebendo muito *caxiri* essa noite.

– Ah! Nem se preocupe, porque o que eu quero tá bem pra pescaria de logo mais. As pescadas-brancas são espertas, e hoje quero me esbaldar na pescaria. Você vai também, né?! Teus pais deixaram? – Petrinho perguntou, ansioso pela resposta.

– Eu não perguntei. Já tava tão feliz por eles me deixarem vir aqui, que não tive coragem. Mas, pelo que percebi, a Thayna vai pra onde o Raylã for, e ele vai pra pescaria – explicou Kati, entre envergonhada e intrépida.

Petrinho riu e confirmou com a cabeça, deixando essa conversa de lado e aproveitando a música que a banda estava tocando, "Caxiri na Cuia", de autoria de Jean Carlos, e que Petrinho tanto gostava de ouvir na voz do cantor Zerbine Araújo e da banda Paçoquinha de Normandia, com a certeza absoluta de que naquela noite ele não seria o parente a dançar só:

"Depois de tomar tanto *caxiri*,
parente quer tomar mocororó,
vai pegar a índia mais bonita,
e vai pro salão levantar pó [...]".

Thayna abraçou, beijou Raylã e deu um cheiro demorado nele. Ele estava planejando sair do piseiro no máximo em uma hora, porque seria o horário do nascer da lua cheia, quando os peixes começam a se alimentar, sobretudo porque a pescada-branca pode ser pega quando está nos *mararás*, leito rochoso e raso perto das margens do rio Tacutu. Em noites como aquelas, Raylã se lembrava de já ter pegado para mais de trinta pescadas-brancas, só com a pesca de linha. As piabas que ele tinha pescado mais cedo, quando a lua ainda não tinha saído, já estavam no ponto de servir de isca. A linha de pesca, os anzóis e os chumbinhos, apetrechos que facilitam sobremaneira esse tipo de pescaria, também estavam a postos. E o *caxiri* estava no ponto. Sua mãe, Nise, o tinha preparado para a festa da mandioca; ela era especialista na preparação desta bebida tão tradicional na comunidade. E, como ela sabia exatamente dos planos de seu filho – passar a noite em claro dançando e, depois pescando –, não deixou que a bebida fermentasse como de costume, para meio que sabotar a embriaguez do filho.

Raylã puxou Thayna para dançar um pouco antes de saírem para a beira do rio. A sua namorada tinha passado dois meses longe, e ele também estava com saudades. Então nada mais lógico que ficarem juntinhos. Foi quando Raylã viu entrar no *tapiri* os amigos Biel e Kael. Eles já estavam atrasados, e Raylã começava a ficar ansioso pela demora, com receio de não conseguirem chegar ao Tacutu na melhor hora da lua. Agora, depois da chegada de todos, ele poderia aproveitar os minutos restantes com sua amada, antes de sair para a pescaria que tanto planejou.

Biel e Kael, logo que chegaram ao piseiro, foram direto pegar um pouco do *caxiri*. Quando conferiram que suas *cuias* estavam bem cheias, tomaram um gole grande e olharam um para o outro com uma apreensão no olhar. Eles haviam chegado da casa do *tuxaua* da maloca naquele instante. Mas ainda sentiam o arrepio na espinha quando lembravam das histórias que lá ouviram – histórias de lendas ganhando vida. Para os moradores da maloca, as lendas e os mitos não são mentiras, e sim histórias contadas de forma criativa e diferente – que nem por isso deixam de ser reais.

O *tuxaua* da maloca era pai de Biel e avô de Kael. Logo que retornaram das capturas das piabas com a tarrafa para a pescaria, Biel e Kael foram para casa tomar um banho e se preparar para o piseiro. Dona Cizinha, mãe de Biel, tinha feito um delicioso café preto, e o *beiju* de mandioca acabara de sair quentinho da chapa. Eles sentaram à mesa de madeira; Kael quebrou um pedaço de *beiju*, mergulhou no café e sentiu sua crocância ao morder o primeiro pedaço. Esse *beiju* era diferente dos que eram consumidos nas grandes cidades, pois era feito da mandioca, que, depois de ser raspada, ralada ou serrada, depois de ser prensada para retirar o *tucupi*, que é o veneno dessa mandioca e peneirada, era levada à chapa quente para ser queimada. Esse *beiju*, que tinha o gosto de lar e família para Kael, só era encontrado nas malocas onde a tradição indígena era forte. Nas cidades, pouco se sabia dessas iguarias. Mas ali, na casa de seus avós, ele podia aproveitar tudo o que era de mais gostoso em sua cultura.

Biel também já estava atacando a comida com a ferocidade de uma onça pintada faminta, quando três homens chegaram à casa de seu pai. Eles eram parentes da maloca São Francisco, que fica às margens do rio Uraricoera, e procuravam apreensivos o *tuxaua*. Dona Cizinha os acomodou à mesa e ofereceu café e *beijus*, enquanto Kael ia chamar o avô, que estava no quarto. No instante que o *tuxaua* entrou na cozinha, os homens levantaram em respeito. O *tuxaua* Guti sentou-se, e em seguida foi imitado pelos homens. O que mais aparentava ter mais idade falou primeiro:

– *Tuxaua* Guti, nós precisamos da ajuda do parente.

– Mas por que tanto aperreio, homem? – perguntou o *tuxaua*.

– É que coisas estranhas estão acontecendo pros lados do Uraricoera, e nós queremos pedir guarida pra nós e pras nossas mulheres por um tempo, até que as coisas se normalizem na região – falou o homem.

– Mas que coisas estranhas? Se explique melhor, homem! – questionou o *tuxaua*.

O visitante olhou para os seus companheiros e respirou fundo, antes de dizer:

– Há coisa de três luas, algumas estranhezas começaram a acontecer no Uraricoera – o visitante engoliu saliva e encarou o *tuxaua*, apertando suas próprias mãos em sinal de nervosismo, antes de continuar. – A cobra grande, parente! Ela apareceu de repente no nosso rio, e junto com ela várias *sucuris* ficaram atrevidas e vinham em bando, ameaçando nosso gado, espantando nossos peixes e ameaçando nossos curumins, que adoram se banhar no rio. Uns parentes *pemons* nos ajudaram a espantá-las. A maioria nós capturamos e levamos para soltar em vários lugares da mata. O Tino, aquele amigo do André, tava junto. O próprio André também ajudou, só que ele veio mesmo para ajudar com *boiuna* – o visitante olhou para seus amigos e baixou a cabeça.

Tuxaua Guti ficou em silêncio por alguns minutos, tentando processar tudo o que havia sido dito. Biel e Kael já tinham deixado de lado o café com os *beijus* e nem piscavam ao ouvir cada palavra; eles prestavam atenção a cada gesto dos visitantes, que estavam visivelmente abalados. Depois desses instantes, nos quais o único ruído que se podia ouvir eram aquelas respirações pesadas, ali misturadas ao som da noite, o *tuxaua* Guti enfim falou:

– Bem, pelo que entendi, tudo já está controlado. Tino é um excelente caçador, e é um líder como seu pai. Ele é um guardião da natureza e tenho confiança de que ele já controlou tudo com as *sucuris*. Quanto à *boiuna*, isso já é mais complicado. O avô do meu avô dizia que já tinha encontrado com ela várias vezes, e que ela só aparecia para proteger o rio na época da desova dos peixes, quando os pescadores teimavam em querer pescar com grandes redes. Mas há muito tempo não sei de aparições dela. Você disse que o André veio até com a *boiuna*? – quis saber o *tuxaua*.

– Sim. Ele veio, sim, parente. Tino disse que ele estava lá no *tepuy* Roraima com um grupo de aventureiros quando soube dela, na mesma hora desceu com Tino para tentar remediar o estrago que já tava feito no nosso Uraricoera – explicou o visitante.

– Hum! O André, apesar da sua pouca idade, já está bem ciente das suas responsabilidades. Somente ele seria capaz de resolver a questão da *boiuna*. O que aconteceu quando ele chegou? Você sabe? – perguntou curioso o *tuxaua*.

– Ele chegou com Tino. Foi lá no Paraíso falar com os pais. Ficou conversando com os dois por um tempo e voltou foi pra maloca São Francisco. De lá, eles pegaram o barco e foram pra onde tinham visto a *boiuna* pela última vez. Já era de tardezinha e, logo que anoiteceu, Tino voltou sozinho. Disse que, depois de pegarem as *sucuris* que estavam mais acima do Uraricoera, ia voltar para pegar o André. – Nesse momento, o visitante ficou calado e olhou para os outros dois homens, que balançaram a cabeça confirmando seu relato.

– É... Não podia ser de outro jeito. Tem coisas que só o André pode fazer, e tem que fazer sozinho mesmo – falou o *tuxaua,* pensativo. – Continue, parente, por favor.

– Depois de umas quatro horas, lá pra mais de meia noite, Tino voltou com os barcos, aliás, pra mais de dez barcos cheios de sacos com *sucuris*. Tinha muita gente com ele, fazendeiros, ribeirinhos. Esse problema com as anacondas tava afetando a todos que vivem por aquelas bandas. Os barcos chegaram com sacos e mais sacos cheios de cobras, e, quando Tino desembarcou, ele falou onde as cobras tinham que ser ser soltas, e saiu de novo pro rio pra buscar o André.

O parente parou de falar para tomar um gole de café e respirar profundamente mais uma vez. Como todos ficaram em silêncio absoluto para esperar o desenrolar da história, ele tomou coragem e continuou:

– Passou um tempo, Tino voltou com André que tava com um ar cansado, mas garantindo para nós que a boiuna não ia mais incomodar. Disse, inclusive, que ia vigiar para o rio não ter mais *sucuris* do que o normal no Uraricoera – falou o visitante com certa hesitação na voz.

– Homem, você tem que ter mais fé no André. Ele não ia dizer isso se não tivesse tudo resolvido com a *boiuna*. Mas o que eu não entendo é o seguinte, parente... A *boiuna* não foi embora de vez depois que o André foi até ela? – perguntou o *tuxaua*, com a testa franzida.

– É aí que tá, parente! Ela anda por lá ainda. Deu uma sumida por uns tempos. Anda se esgueirando na margem oposta do Uraricoera. Até mesmo saindo da água e indo pro meio da floresta ela já foi vista. Não chega perto como antes, mas tá por lá. Fora isso, só as *sucuris* que não voltaram mais... até agora! – relatou o visitante.

— Mistério! – disse o *tuxaua* Guti, depois de passar a mão no queixo e olhar para o teto de palha de buriti, como se daí fosse sair uma explicação milagrosa para suas dúvidas.

— E cadê o André? – quis saber o *tuxaua*.

— Outro mistério. Ele tá sumido. Ninguém sabe dele, parece que nem mesmo o Tino, e isso nunca tinha acontecido antes – disse o visitante. E nessa hora todos soltaram um "oh" bem demorado.

— Mas como sumido? Numa necessidade dessas? – observou o tuxaua, com um tom de reprovação.

— É, e isso não foi tudo. Foi só o começo de tudo, parente – declarou o visitante.

— Como assim, homem? Ainda tem mais? – nessa hora, até Dona Cizinha já tinha puxado uma cadeira e olhava preocupada para o marido, que já estava ficando inquieto com tanta novidade vinda do rio que era irmão do Tacutu.

— Sim, parente. Tem muito mais. Depois disso, André voltou para Pacaraima, onde os aventureiros estavam, e em seguida ele ia pra festa no Paraíso, aquela que acontece todo ano por conta do aniversário dele e dos pais. A *boiuna* ficava por ali, no fundo do rio na maior parte do tempo, mas todos sabiam que ela tava ali. Os pássaros não voavam tão rasantes pelo rio; e, quando os mergulhões iam pescar, era em uma parte do rio bem distante, pra não darem de cara com a cobra grande encarando eles. As araras, tucanos e papagaios, quando atravessavam o Uraricoera às seis da manhã e às seis da tarde de volta pros ninhais, tavam sempre aos gritos numa barulheira infernal, que chamava a atenção de todo mundo. Parecia que era uma tortura atravessar o rio, mesmo que fosse lá no altão do céu – nesse momento, Biel e Kael já estavam de boca aberta, chocados a cada palavra que saía da boca do visitante.

– Mas o que diacho aconteceu a mais? Fala logo, homem, que eu já tô me coçando de agonia – reclamou o *tuxaua*.

– Os *tucuxis,* parente! Outro coro de "oh" se fez ouvir.

– Como assim? Os botos cinzas? É deles que você tá falando? – questionou o *tuxaua*.

– Sim, parente! Você entende o nosso drama agora? Depois que finalmente as *sucuris* se foram, chegaram os *tucuxis*. E nem é época de cheia dos rios ainda, pra eles chegarem assim. Os rios estão secos. A cachoeira do Bem-Querer tá impedindo a passagem até de barcos. Tá certo que os *tucuxis* não precisam de barcos, mas mesmo assim! Chegar tantos deles, parente, não é natural. Pra lá de cinquenta. Nunca vi nada parecido, nem meu pai e muito menos meu avô! – disse o visitante, inconformado.

– Mas como foi isso, homem? Tô assustado com tudo que os parentes passaram – falou o *tuxaua* Guti.

– Isso é outro mistério ainda maior. A lua cheia tava chegando. O Parente já imaginou a fórmula perfeita para a desgraça? Lua cheia, mais uma ruma de boto *tucuxi* no Uraricoera, mais três dias de festas no paraíso? – o visitante olhou mais uma vez para seus colegas, que não paravam de assentir com a cabeça e continuou. – Todos da região, nós e os ribeirinhos, tiramos nossas filhas e esposas da região. Alguns subiram para o Tepequém, outros desceram pra Boa Vista mesmo. Só quem ficou para festa foram aqueles que chegaram da capital, e os fazendeiros. Ou eles não conhecem, ou não acreditam nas nossas histórias. Nossas filhas e mulheres estão na serra, mas querem ficar mais próximas ao rio, nos campos e lavrados, que são nosso lar. Por isso estamos pedindo guarida pro parente. Os primos têm que se ajudar numa hora de precisão como essa – disse o visitante.

– Mas continue, por favor, quero saber de tudo. O que aconteceu com os *tucuxis*, homem? – perguntou cada vez mais impaciente o *tuxaua*.

– Bom... Eu sei o que meu primo me disse. Eu tinha subido a serra para levar as mulheres, e meu primo ficou na maloca. Ele me contou que, no dia do aniversário do André, quando a lua tava lá em cima, bem cheiona, os botos faziam tanto barulho na água que dava pra ouvir lá da maloca, mesmo com o som do sanfoneiro que tocava lá na festa dos Delfinos. Ele disse que tava se aprontando pra ir na festa, e a barulhada dos botos tava incomodando muito. Ele até tinha desistido de colocar o malhador naquela noite, porque ia ser só prejuízo com os botos na água. Aí foi pra festa. Quando chegou, lá tava o André; o Tino e os aventureiros também, que subiram o Roraima, pra festejar junto com o André. Ele ficou por ali comendo a *damorida*, tomando um *caxiri* que Dona Clara tinha feito. Foi até a senhora que ensinou a ela. Não foi, Dona Cizinha? – interrompeu a história e olhou, questionador, para a única mulher na cozinha.

– Sim, Francisco, Clara e eu somos amigas desde crianças. Eu sempre ia visitar ela com meus pais no Uraricoera, e ensinei pra ela tudo o que aprendi com meus pais – disse carinhosamente Dona Cizinha. Como ela se calou, na expectativa da continuação do relato, o parente prosseguiu.

– Então, meu primo disse que ele tava lá comendo, vendo o luau que estavam preparando no banco de areia bem no meião do Uraricoera. Tava até pensando em se juntar a eles lá embaixo depois de encher a pança. Ele percebeu que os botos estavam meio que cercando o local do luau. Era uma agitação na água, chamou a atenção de todo mundo. A lua tava cheia como nunca tinha visto e clareava tudo ao redor. Seu Francisco e Dona Clara tavam muito preocupados com a segurança de todos, porque a *boiuna* ainda andava por aquelas paragens. – O visitante bebeu outro gole de café pra poder continuar a contar o causo e olhou ao redor. – O silêncio era total. Até o barulho da noite parou, para os bichos das florestas a par dos acontecidos do outro lado da região – o parente fez uma pausa para recuperar o fôlego.

E continuou:

– De repente, as águas acalmaram. Era meia-noite mais ou menos. A lua tava enorme no céu. Os *tucuxis* simplesmente sumiram, como por magia. E, logo depois, pra mais de cinquenta homens chegaram no Paraíso. Foi uma confusão. André subiu a mil por hora do rio. Aqueles sessenta degraus que parecem o Purgatório, o André subiu tão rápido que nem parecia que tinha escada. E o Tino atrás dele. Foram até a porteira, onde os homens tavam parados, parecendo guerreiros prontos pra batalha. André e Tino chegaram lá, e eles começaram a discutir. Eles falavam tão alto, que dava para ouvir de lá da casa, mas ninguém se atrevia a chegar perto deles, porque Tino olhava feio pra todo mundo. Até que eles todos saíram. Foram para o rumo do lago.

– E então, o que aconteceu? – Biel, sem se conter, nem esperou o visitante molhar a boca com café antes de perguntar.

– O que aconteceu, ninguém sabe. Tá aí outro mistério. Meu primo só disse que, logo depois, ouviram trovões. A noite escureceu, a lua ficou encoberta, e os raios cortavam o céu no rumo do lago. Depois de um tempo assim, tudo se acalmou. Tino e André voltaram. André vinha com uma moça branca que nem papel nos braços. Parecia que ela tinha perdido todo o sangue, de tão pálida. A doutora lá, que é parente do André, cuidou da moça. Meu primo disse que ela caiu num buraco lá no lavrado perto do lago, quando tinha ido bisbilhotar o que tava acontecendo com

André. Parece que eles tavam se engraçando um com o outro. Aí, André e Tino socorreram ela e trouxeram ela de volta, mas parece que não foi nada de mais, e no fim das contas ela ficou bem. Só que pouco depois, quando André teve certeza que ela ia ficar bem, depois de passar a noite ao lado dela, ele saiu com Tino e passou muitas semanas fora. Até que um dia voltou.

– E como está o filho de Clara? – quis saber Dona Cizinha.

– Olha, ele tá muito diferente. Não saía do Uraricoera, ia pro rumo que a *boiuna* ficava. A gente até achava que ele tava tentando mandar a danada de volta pra onde ela veio. Mas, depois de um tempo, a gente viu que ela não tava mais nas redondezas. Então, ninguém sabe o que ele fazia sozinho pelos rios, nem mesmo Tino. Ele voltava de tempos em tempos para tranquilizar a mãe. Mas depois sumiu totalmente. Ninguém sabe dele, nem os pais e muito menos Tino, pelo menos é isso que ele conta para todo mundo que pergunta sobre o André.

– Parente, você me trouxe notícias muito preocupantes. André não pode sumir simplesmente. Ele tem obrigações com a região, todos nós sabemos disso e ele também sabe. Agora tudo pode acontecer de ruim! – o *tuxaua* falava baixinho, como se falasse consigo mesmo e se esquecesse da presença dos outros ao redor.

Biel e Kael ficaram impressionadíssimos, e saíram da casa do *tuxaua* sem dizer uma só palavra.

Percorreram a trilha que levava ao piseiro em silêncio, e até se esqueceram de ligar suas lanternas, porque a lua cheia ainda estava baixa no céu. Quando chegaram ao *tapiri*, somente depois dos primeiros goles de *caxiri* é que conseguiram falar um com o outro.

– Affe! Que história mais bisonha foi aquela, hein! Tô arrepiado até agora – falou, enfim, Kael.

– Nem me fale. Eu ainda tô tremendo – completou Biel.

– E esse tal de André? Você já viu ele? – quis saber Kael, antes de tomar mais um grande gole de *caxiri*.

– Já vi. E tu também, Kael. Ele já veio aqui algumas vezes na casa do papai. Sempre com aquele chapéu na cabeça. Um jeitão bem relaxado e de bem com a vida. Não acredito que ele esteja metido nessas histórias de *boiuna* e *tucuxis*. Se bem que ele tem um ar misterioso mesmo. Mas, daí pra se meter com essas "visage", aí já é demais da conta – comentou Biel.

Enquanto tio e sobrinho conversavam sobre o que ouviram na casa do *tuxaua* Guti, Alfy veio chamá-los, muito empolgado, para começarem a se reunir. Afinal, ele estava ansioso para usar sua vara de pescar novinha, dada por Thayna alguns dias antes, e queria agrupar todos para que saíssem logo rumo à trilha que levava às margens do rio *Tacutu*. Alfy se aproximou de Biel e Kael, e não pôde deixar de ouvir o nome de André, seu amigo. Sempre que vinha à maloca, André dava a ele boas dicas de pescaria, seu passatempo preferido.

– Que tem o André, pessoal? Ele tá aqui? Opa! Agora, sim, tenho certeza que a noite promete. Onde ele está, sempre a pesca é boa! Cadê ele, cadê ele? – perguntava Alfy, animado.

– Calma, curumim, ele não está aqui; mas você conhece tão bem ele assim, é? – quis saber Kael.

– Claro! Ele é meu amigo. Ele sempre me dá bons conselhos sobre pescaria – afirmou Alfy, enfaticamente.

– Bom, pelo que sabemos, ele tá meio sumido. Mas e aí? vais levar a nova vara de pescar hoje à noite? – Biel tratou logo de mudar de assunto. Alfy era o mais novo do grupo, mal tinha entrado na adolescência; e aquela era uma noite para diversão, e não para botar medo no *curumim*.

– Ah! Vou, sim! Está lá na entrada do tapiri, junto com minha mochila. Hoje não tem mais pra ninguém, os peixes são todos meus – disse Alfy animado.

– Então vai lá chamar todos. Em quinze minutos a gente se vê lá na entrada do *tapiri* e saímos em seguida – pediu Biel.

Na mesma hora, Alfy foi chamar a todos. Em dez minutos já estavam agrupados, só esperando Petrinho e Katirina, que estavam terminando de dançar uma última música. Enquanto isso, o restante dos jovens pegou seus pertences e se preparou para pegar a trilha.

Quando Petrinho e Katirina chegaram, todos ligaram suas lanternas e se puseram a caminhar. A trilha que levava ao rio era bem estreita. Todos tinham que andar em fila, um atrás do outro; mal dava para colocar os dois pés lado a lado, de tão estreita. As árvores formavam um túnel verde com suas copas cheias e volumosas. Os cipós caíam como cadarços soltos de sapatos, que teimavam em atrapalhar o avanço da caminhada. Vez ou outra, tinham que ser retirados, ou até mesmo cortados, para que se pudesse passar pela trilha, que era pouco usada, justamente por cortar caminho por dentro de uma mata tão densa como aquela.

A lua estava enorme no céu, mas ainda não havia atingido sua altura máxima. Seus raios atravessavam diagonalmente a copa das árvores e chegavam meio intermitentes pela trilha, dando a todos a impressão de que passavam por cima de um tapete cintilante de folhas caídas.

Uma guariba gritou forte e assustou Alfy. Ele, que estava bem no meio da fila, tropeçou com o susto e quase caiu por cima de Katirina. A sorte da moça foi Kael, que vinha logo atrás de Alfy, ter segurado o *curumim* bem a tempo de evitar um acidente e estragar o passeio, sem ao menos ter começado direito. Todos riram alto e brincaram com Alfy pelo susto que levou. Kael, que ainda estava muito impressionado com as histórias de lendas ganhando vida, pediu para falarem mais baixo, para não irritar a mãe natureza e sua tranquilidade da noite.

– Pessoas! Vamos diminuir essa barulheira, por favor! A mata não é lugar pra zoeira, e sim de atenção.

Nessas matas tem onça, jaguatirica, porco-do-mato, sem falar nas "visagem" que andam soltas por aí.

Kael falava e olhava para os lados, como se quisesse levantar com o olhar a cortina escura da noite, e ver através dela tudo o que circulava ao seu entorno. Inutilmente, é claro, pois, mesmo em noites claras como a aquela, a floresta encorpada não permitia esse luxo a simples humanos mortais.

Como o *caxiri* já estava fazendo efeito na animação da turma, o protesto de Kael foi encoberto por mais gargalhadas e vaias. Mas isto só serviu para deixar Kael mais tenso com tudo. Sua mãe sempre lhe contava as histórias da região, do mundo por trás do que é a grande floresta que atravessa os campos da bacia do rio Branco no estado de Roraima. Esses braços de Floresta Amazônica, que vinham atravessando a região de campos e cerrados desde o sul do estado, chegavam sutil e majestosamente à parte brasileira do grande Monte Roraima. Servia como uma ponte, dando passagem às criaturas da floresta em todas as direções.

Histórias como as dos botos encantados, os *tucuxis*, que se desencantam em noites de lua cheia para enfeitiçar e engravidar as moças das áreas dos rios, eram conhecidas em toda a grande região amazônica. Entre países como Venezuela, Guyana, Suriname, Bolívia, Colômbia, Peru, Guyana Francesa, Equador e, é óbvio, o Brasil, todos conheciam as peripécias desse ser sobrenatural. Por esse motivo, as moças eram protegidas nas noites de lua cheia.

As histórias da cobra grande, a *boiuna*, também repercutiam da mesma forma. O que espantava Kael era que, como toda história dessa natureza, ele só havia ouvido falar de alguém que ouviu falar de outrem que viu ou ouviu tal coisa – histórias contadas por gente muito distante, ou num passado longínquo. Mas aquelas, as que ele tinha ouvido na casa de seu avô, eram bem próximas de gente como ele, que vivia onde ele vivia, que ele conhecia; e, mais grave, aquilo podia ainda estar acontecendo.

Já havia se passado uns vinte minutos depois que entraram na trilha. A música do *tapiri* quase não se podia mais ouvir, abafada pela distância, tampouco o barulho da noite e as gargalhadas da turma. O único quieto, que mal abria a boca, era Kael. Biel, quando percebia que Kael estava quieto, ficava também um pouco pensativo, mas logo era distraído pela bagunça geral e se juntava ao coro iniciado por Thayna, que seguia de perto Raylã, o primeiro da grande fila de jovens que se dirigia ao rio.

Alfy já podia ouvir o barulho das águas do Tacutu batendo nas pedras à margem do rio. Sua vara novinha seria estreada naquela noite. Para ele, é um sonho realizado. Alfy esticou o pescoço e percebeu que bem à frente conseguia perceber uma clareira. Era o fim da trilha. A lua já estava quase no meio do céu para iluminar o espetáculo que estava prestes a fazer com sua vara de pescar. Ele já podia até sentir o peso dos peixes em sua cesta de palha de buriti, especialmente feita por ele para trazer de volta os frutos de sua pescaria.

A margem do rio Tacutu escolhida pelo grupo de Raylã era um local onde a mata ciliar ainda estava intocada. Fora os animais que por ali passavam, as únicas pegadas humanas que se encontravam pelo entorno eram as suas e as de seus amigos mais íntimos; afinal, locais tão especiais como aquele deviam ser preservados e cuidados para sempre manterem a mesma magia natural que lhes era peculiar. Alardear sua localização só traria curiosos e aventureiros, e destruiria a paz da natureza. Por isso Raylã escondia a localização do seu local secreto preferido de pesca, inclusive de alguns parentes da maloca.

A mata fechada que margeava o Tacutu se abria em uma pequena área que adentrava na vegetação. As rochas escuras e grandes pareciam pequenas ilhas em meio à água caudalosa do rio; e, à medida que adentravam à mata, as rochas tornavam-se mais largas, ocupando quase a totalidade da clareira. Algumas grandes árvores que a área de pesca de Raylã estendiam seus galhos imponentes sobre o solo rochoso, formando uma cobertura natural, que durante o dia com certeza seria um ótimo abrigo para protegê-los do sol torrencial do norte brasileiro. Katirina, que levava consigo uma rede pequena feita por sua mãe, tratou logo de atá-la a um desses galhos, com a ajuda de uma corda que Petrinho lhe dera. Era uma rede confortável, pequena o bastante para caber na mochila de Katirina, sem ocupar muito espaço nem fazer volume que pudesse atrapalhar a caminhada. Sua mãe havia plantado o algodão, colhido, fiado e confeccionado a rede especialmente para a filha mais nova. Katirina adorava ler romances no fim da tarde quando voltava da escola que frequentava na maloca. Ela sentava-se num banco de madeira que ficava na cozinha e mergulhava no universo dos romances que tanto gostava de ler enquanto sua mãe preparava o café. Quando ganhou a rede, que funcionava como uma poltrona, era lá que Katirina ficava até a noite se fazer bem presente, e a dificuldade pela falta de iluminação adequada obrigá-la a deixar os livros para o outro dia. Mas como aquela noite era especial – e Kati sabia que pescaria, antes de tudo, é paciência e espera –, não hesitou em levar consigo sua companheira de todas as tardes.

Thayna se juntou a Kati na rede, e os meninos começaram empolgados a organizar todos os apetrechos para darem início à pesca. Alfy já começava a montar sua vara de pescar. Raylã não pescava com vara. Ele havia aprendido a pescar com André Delfino, que visitava a maloca com frequência desde quando ele se entendia por gente. Aliás, aquele lugar em especial tinha sido indicado pelo próprio André, sob a promessa de que Raylã o mantivesse sempre protegido de depredadores e só introduzisse ali amigos sinceros, que partilhassem o mesmo respeito pela natureza.

Cada um dos meninos tinha um jeito próprio de pescar. Biel e Kael levaram suas varas de pesca, e já estavam com o anzol na água. Petrinho estava só dando um apoio moral para os amigos. Ele estava ajudando o cunhadinho a ajustar a linha, o chumbinho, o anzol, uma tarefa complicada ainda para um curumim de 11 anos. Por último, a piaba. Usar isca viva era a dica especial da noite. Uma fórmula ditada há tempos por André.

Raylã, que assumiu o papel de líder do grupo, impostando a voz para aparentar mais que seus 17 anos, começou a repetir as orientações que André lhe dera para a pesca na lua cheia. – Agora um pouco de silêncio! – pediu, subindo em uma rocha mais distante da margem, e que também era a mais alta como se fosse um palanque, e continuou:

– Hoje começa o primeiro dia do que vai virar uma tradição para nós. Vamos inaugurar a noite da pescada. Essa pescaria é abençoada pela lua cheia. Mas a lua tem que estar assim, como agora, bem no alto do céu, sem nenhuma nuvem atrapalhando sua claridade. É nessa hora que as pescadas-brancas saem à noite para se alimentar, mas as danadas gostam de piabas, e nós temos um balde carregado delas. Então, agora é só jogar a linha na água que nós somos os reis da pesca! – assim dito, todo eufórico, e muito dessa euforia regada a *caxiri*, Raylã lançou sua linha na água.

De acordo com os ensinamentos de André, a pescaria era mais eficiente usando somente linha. O único apetrecho diferenciado era um girador triplo; na sua ponta de baixo, prendia-se uma chumbada com uns quinze centímetros de linha, e na ponta do meio prendia-se uns quarenta centímetros de linha acima do anzol. A isca, como Raylã anunciou, era de piabas, e o detalhe especial era o local. Aquele local específico indicado por André tinha um leito rochoso. Ao lançar a linha, a chumbada tocava o fundo rochoso e esticava a linha para baixo, deixando a piaba na horizontal, o que simulava seu nado livre no rio e consequentemente atraía as famintas pescadas-brancas. O leito rochoso, em contato com a chumbada, era fundamental para que a percepção e a sensibilidade do pescador fossem aguçadas. Além disso, essa prática permitia ao pescador sentir pela linha o momento exato da fisgada. Era todo um conjunto de detalhes, repassados cuidadosamente por André aos parentes e amigos, para que estes sentissem o prazer de pescar artesanalmente e em harmonia plena com a natureza.

Começaram a pescar, finalmente. As pescadas-brancas brincavam com a nova vara de pescar de Alfy. Concentrado no seu objetivo, já tinha conseguido suas primeiras recompensas, e seu cesto já armazenava alguns peixes. Petrinho foi juntar-se a Kati e Thayna perto da rede. Eles conversavam baixinho, para não espantar os peixes do rio. Thayna contava sobre o novo emprego na escola de Bonfim, e sobre como estava adorando a vida de professora, quando Kael se junta ao grupo. Ele não conseguia se concentrar na pescaria. As histórias que ouvira conseguiram impressionar bastante, a ponto de o fazerem perder o interesse na pescaria sob a lua cheia, que planejara por um mês inteiro, juntamente com Biel e Raylã.

– Ih! Que cara é essa, Kael? Parece até que viu um fantasma – Thayna perguntou.

Kael olhou para Thayna, respirou fundo. Ele tinha decidido não falar nada sobre o que ouviu, mas estava tão inquieto com a situação que decidiu compartilhar sua ansiedade com mais colegas.

– Eu vou contar uma coisa que ouvi na casa do meu avô hoje mais cedo, junto com o Biel. A gente tava tomando café, quando chegaram uns parentes lá do Uraricoera...

Enquanto Thayna, Katirina e Petrinho escutavam atentamente o que Kael lhes contava, Alfynho pegava mais uma piaba. "Vai ser agora", pensou ele. "Vou pegar a maior pescada-branca de toda a história das pescas de pescadas-brancas de todos os tempos!". Empolgado, ele pegou a maior piaba do balde, colocou no anzol e, com um rodopiar na vara de pescar, lançou a linha bem forte, mais até do que pretendia, bem mais para o meio do Tacutu. "Acho que exagerei", pensou. Mas, para o menino de 11 anos que estava em sua primeira pescaria noturna com os amigos, o exagero do arremesso estava mais para uma demonstração de força do que um lançamento fora do leito de *mararás*. Alfy se posicionou melhor em cima da pedra em que estava, para aguardar a fisgada; e não demorou muito para sentir uma puxadinha na linha. "Esses peixes estão bolinando com a piaba, só espero que não a roubem", pensou, contrariado. Foi então que uma coisa diferente aconteceu. A linha do molinete começou a correr como se algum peixe grande tivesse sido fisgado, e depois mergulhado bem fundo no rio. Alfy tentava recuperar a linha girando o molinete, mas não estava conseguindo resultado.

Vendo a agonia do curumim, Raylã largou sua linha e, juntamente com Biel, foi ver que confusão Alfy tinha arrumado justo naquela hora. A linha da vara de Alfy já tinha acabado, e só a ponta estava presa à vara. O menino estava travando um cabo de guerra com o peixe, e o prêmio seria a vara de pescar. Esse foi o exato momento em que Kael terminava de contar o que soubera para os colegas. Os três jovens ficaram com o coração mais acelerado pelas novidades; aliás, os quatro jovens, porque Kael já estava assim desde que ouvira o *causo* pela primeira vez. O silêncio que se fez depois de sua narrativa foi substituído pelos gritos de Alfy, Biel e Raylã. Os quatro amigos próximos à rede assistiam, como em uma grande tela de cinema, a uma cena inusitada na qual três jovens agarrados a uma vara lutavam para não perder para o rio a vara de pescar. Foi tudo tão rápido, que, quando escutaram o *splash* da vara se chocando contra a água.

Os quatro junto à rede estavam estáticos, sem conseguir falar, sem conseguir se mexer. Somente o coração batia descompassadamente. Biel e Raylã estavam ofegantes, sem ainda entender nada do que acabara de acontecer; e Alfynho, meio catatônico.

– A vara tá no rio. Não é, Biel? – perguntava repetidamente Alfynho, sem conseguir aceitar que havia perdido o tão esperado presente.

Outro *splash* na água do rio Tacutu ecoou na noite. Esse era diferente, e quebrou o silêncio que reinava após a confusão da vara. Todos olharam para o meio do rio, de onde o barulho vinha. Uma cauda enorme de peixe apareceu na superfície do rio, cheia de escamas grandes que cintilavam sob os raios da lua; mais parecia a cauda de um enorme *pirarucu*, sacudia-se fazendo estardalhaço na água, até que submergiu.

Os jovens, paralisados, fixaram seus olhares onde aquele enorme rabo de peixe tinha sumido; quando, no mesmo local, surgiu a vara de pescar, que começou a elevar-se da água, sustentada por um par de braços esticados, que se ergueram mais e acabaram por revelar a cabeça de uma mulher. Uma mulher pálida como a lua, que se posicionou logo acima dela no céu escuro. Essa imagem fez o sangue de todos ali gelar e trincar, ao ouvir a gargalhada que vinha da direção da moça do rio. Foi quando todos os jovens se juntaram em um enorme coro e começaram a gritar apavorados. Nesse momento, uma nuvem escura, que surgiu do nada absoluto, começou a cobrir a lua cheia. Os gritos dos jovens, que tentavam vencer a área das pedras e sair correndo, misturava-se às gargalhadas vindas do *Tacutu*. Um poderoso raio explodiu no céu, seguido por uma voz semelhante a um trovão vinda da mata, que dizia:

– FORA DA MINHA MATA! TEUS LUGARES AGORA SÃO MEUS, BOTO-REI. VOLTE E CUMPRA TUA PROMESSA, OU VAIS SENTIR O PESO DA MINHA VINGANÇA!

CAPÍTULO II

Inia chegou à Marina Plaza, que era o melhor acesso conhecido por ela para se aproximar da água. O motorista de táxi fez que não gostou muito de pegar a *Bayfront Dr* – estava muito lenta, devido ao tráfego. Mas ela tinha que estar o mais perto possível da água. Era quase como um chamado. A contragosto, o motorista entrou no estacionamento da *Marina Plaza*. Ele circundou a pista que levava à *Marina Jack Trail*, vários carros estavam ali estacionados. Apesar de a área do estacionamento dar para a praia e o mar, ela queria chegar mais adentro e, naquele exato momento, só lhe ocorria ir ao limite da trilha da *Marina Jack Trail*.

Inia desceu do táxi, mal conseguindo agradecer ao taxista e pagar a corrida, e dirigiu-se ao portal que levava à trilha; seu estômago estava apertado, ela suava frio, apesar do sol e do calor que fazia, mesmo de manhã cedo. O ar começou a fugir de seus pulmões, e Inia teve que parar em frente ao grande portal branco, pois sua vista estava ficando turva – tinha medo de perder os sentidos.

Esses minutos na tentativa de acalmar-se eram fundamentais para Inia atingir seu objetivo. Chegar ao extremo da pequena península que suportava a trilha seria complicado, pois até lá só poderia chegar a pé mesmo. Inia tentou visualizar o menor trajeto para chegar ao extremo e lembrou que o formato da península era como uma pequena vírgula, que seguia para sua direita. Logo, o melhor sentido possível seria este último, pois, se ela seguisse pela trilha interna, provavelmente se perderia; e, se seguisse pela esquerda, pegaria o caminho mais longo.

Com seu trajeto já definido, Inia pegou a direita na *Marina Jack Trail* e começou a andar. Suas passadas ficavam mais amplas, à medida que sua ansiedade aumentava. O caminho era muito bonito, se Inia prestasse atenção. Mas, do jeito que estava nervosa, ela somente olhava para a água. A trilha escolhida contornava a baía, e vários barcos estavam ancorados ao longo do trajeto. Do lado oposto, estendia-se uma área verde com árvores, conferindo um aspecto maravilhoso para quem se dignasse a prestar atenção à paisagem e a aproveitar o passeio.

Sem saber exatamente quanto tempo levou para chegar até a parte mais extrema da *Marina Jack Trail,* Inia parou no limite da trilha e forçou a vista bem na direção das águas azuis do Golfo do México. Olhou para todos os lados, e nada. À sua esquerda, Inia percebeu vários barcos ancorados na baía, próximos uns dos outros. As pessoas, que ali estavam, debruçaram-se sobre a amurada dos barcos; vários dedos apontavam para a água, e alguns até batiam palmas. Contudo, de onde Inia estava não se conseguia enxergar absolutamente nada, e por isso fez o contorno e pegou o sentido da esquerda na trilha da *Marina Jack Trail*.

Uns 300 metros adiante, em uma pequena encruzilhada que levava ao interior do *Island Park*, Inia saiu da trilha em direção às pedras que flanqueavam o mar. Ali havia uma pequenina linha de praia, na qual Inia se colocou para tentar ficar o mais perto possível da água. Inia olhou para o local onde estavam ancorados os barcos e tentou mirar diretamente para o local repleto de tanta luminosidade. O reflexo da água ofuscava sua visão e fazia com que pontos de sombra dançassem em frente aos seus olhos. Essa sensação de inundação luminosa trouxe a lembrança dos dias em que Inia subia o Monte Roraima. A luminosidade e as cores brilhantes e vivas do local jamais se esvaneceriam em sua memória. Nesse exato momento, um barulho na água fez com que Inia voltasse ao presente momento. Olhando para a água, Inia pôde ver inúmeras barbatanas. Os golfinhos-roazes, que têm a pele cinza e habitam a região, estavam reunidos em torno de uma barbatana rosada. Tão grande quanto os seus primos distantes, um boto vermelho, batizado de boto-cor-de-rosa por

Jacques Cousteau, desfilava sua excentricidade em meio às águas azul-turquesa da Baía de Sarasota. Inia olhou para o lado e percebeu que, ao seu redor, várias pessoas chegavam junto, para ver o fenômeno raro na natureza local. A notícia do boto-cor-de-rosa espalhou-se como o vento.

Em um dado momento, o ponto rosa no mar elevou-se e ficou com a cabeça totalmente fora d'água. Foi quando os pequenos olhos do mamífero aquático cruzaram o olhar aflito e esperançoso de Inia. Neste instante, tudo escureceu.

Um vento frio percorreu a pele de Inia. Ela mantinha os olhos fechados, e sentia seus cabelos dançarem ao ar. Sons de água corrente, de grilos e cigarras se fizeram ouvir. Inia poderia jurar que escutava uma coruja piar também.

– Pode abrir os olhos, Pink.

Inia não podia acreditar. Aquela voz...

– André, é você mesmo? – perguntou Inia, sem coragem ainda de olhar ao redor.

– Sim, sou eu – respondeu André, com um sorriso na voz.

Inia abriu os olhos bem devagar, e prendeu a respiração quando viu onde estava. Bem à sua frente estava o lago dos seus sonhos. Era noite, e a lua cheia estava enorme no céu azul escuro. Não havia estrelas. A lua reinava majestosa, conferindo à superfície do lago um caleidoscópio de cores, quando passavam as pequenas ondinhas, provocadas pelo vento.

Lentamente, Inia virou-se para a sua esquerda e encontrou o olhar sorridente de André. Ele estava com os cabelos mais longos do que da última vez que Inia o tinha visto. Ele parecia relaxado, em pé ao seu lado; estava com uma bermuda bege até o joelho, camisa de algodão branca, com mangas compridas e chinelos.

Inia e André ficaram frente a frente; e, bem devagar, Inia elevou sua mão direita e tocou o peito de André.

– É você mesmo! – Inia falou, com lágrimas nos olhos.

– Claro que sou eu, Pink – falou André.

Em seguida, André colocou seus braços em torno dos ombros de Inia e puxou-a para perto de si. Inia fechou os olhos e abraçou fortemente André.

– Senti sua falta – disse Inia.

– Eu também, coração – respondeu André.

– Pensei que nunca mais eu fosse te ver de novo. Você me abandonou – queixou-se Inia.

– Pink... eu tive que resolver umas coisas de... trabalho. Foi tudo tão rápido. Não pude te avisar... adequadamente – falou André, com um pouco de hesitação, depositando um beijo carinhoso na cabeça de Inia.

Inia afastou-se um pouco, abriu os olhos e encarou André.

– Mas... e agora? O que você está fazendo aqui? O que nós estamos fazendo aqui? – perguntou Inia.

– Esse é meu lugar favorito no mundo, Pink. É aqui que eu venho quando algo me faz triste, quando algo me faz feliz. Sempre quis mostrá-lo da maneira correta pra você – declarou André.

Inia abraçou André novamente, elevou sua cabeça e beijou o local onde o pescoço de André unia-se ao ombro. Depois, afastou-se um pouco, sem desfazer o abraço e disse:

– Eu sonhava com esse local quando estava no Brasil. – afirmou Inia.

André abaixou a cabeça, suspirou, fechou os olhos e encostou sua testa na de Inia.

– Eu tinha um amiguinho aqui. Um boto cor-de-rosa. Vem comigo. Deixa eu te apresentar a ele – disse Inia, puxando André pelo braço na direção das águas do lago.

Quando Inia estava a uns dois metros da margem, um clarão ofuscou sua visão, e ela sentiu a mão de André escapando da sua. Sua visão escureceu novamente, e Inia começou a ouvir outras vozes. Sua cabeça doía, e ela percebeu que havia algo gelado pressionando sua cabeça, próximo à nuca.

Inia abriu os olhos e viu que estava deitada em uma maca, embaixo de uma árvore próxima a um restaurante de frutos do mar, que ficava na *Marina Jack Trail*.

– Moça! Você pode nos dizer seu nome? – perguntou uma mulher uniformizada com o emblema dos socorristas.

– Oh! Sim... meu nome é Inia, senhora.

– Você sabe onde está? – questionou a senhora.

– Estou na *Marina Jack Trail*. Eu estava vendo o boto-cor-de-rosa – disse Inia.

– Segundo as pessoas que também estavam aqui, você desmaiou e, quando caiu, bateu a cabeça nas pedras. As pessoas ligaram para o 911. Não houve corte, foi uma leve concussão, mas queríamos levá-la ao hospital, para que ficasse em observação – disse a socorrista.

– Senhora, desculpe-me o transtorno, mas eu estou melhor. Eu realmente preferiria ir para casa agora – falou Inia.

– Seria melhor mesmo ir ao hospital. Você pode ter tido uma hipoglicemia ou algo mais sério para ter desmaiado assim, do nada – insistiu a socorrista.

– Oh, não, senhora! Obrigada mesmo. Acho que foi o calor. Está tão quente esses dias, não? Eu vou para casa, comer alguma coisa. Se eu não me sentir melhor, eu vou ao hospital, certo? – ratificou Inia.

– Ok, então! Tome um analgésico, coma algo. Se sentir alguma coisa, procure ajuda no hospital – disse a socorrista.

Inia levantou-se, aceitou a água que o gerente do restaurante lhe havia oferecido.

– Obrigada – agradeceu Inia. Em seguida, perguntou ao gerente: – O senhor sabe me dizer o que aconteceu com o boto? Para onde ele e os golfinhos foram?

– Ah, moça! Assim que a senhora desmaiou, o boto-cor-de-rosa mergulhou e não voltou mais à superfície. Os golfinhos o seguiram e acabaram se dispersando – respondeu o gerente.

– Poxa! E não foram mais vistos? – insistiu Inia.

– Que eu saiba, eles não foram mais vistos, senhora – disse o gerente, voltando ao restaurante.

Inia suspirou. Seu coração batia forte, mas ela tentava controlar suas emoções para não impressionar a socorrista, que ainda a olhava com cara de *vou-te-levar-agora-para-o-hospital*. Inia resignou-se e, em seguida, dirigiu-se, juntamente com a equipe do 911, até a *Marina Plaza*, para pegar um táxi.

Assim que chegasse em casa, Inia entraria em contato com Lena. Ou algo estava muito estranho, ou Inia estava perdendo, de uma vez por todas, a razão.

CAPÍTULO III

Eles eram conhecidos como os Filhos de *Boiuna*. Era um grupo de homens na Vila do Jundiá; eles viviam em um sítio chamado Legado, que ficava na boca da mata.

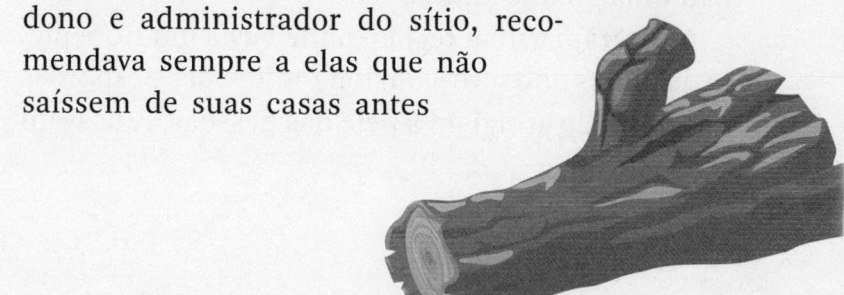

Uma senhora, dona Amália, ajudava com a alimentação dos homens e com a organização da casa grande. Ela liderava um grupo de senhoras que se revezavam nas tarefas domésticas. Todos os dias, de acordo com uma escala preparada pela própria dona Amália, uma das senhoras saía da Vila do Jundiá de bicicleta, rumo ao sítio Legado. Uns quinze minutos de pedalada garantiam a chegada ao destino. Pedro, dono e administrador do sítio, recomendava sempre a elas que não saíssem de suas casas antes das sete horas, pois a temida onça pintada costumava rondar aquela região, durante as primeiras horas da manhã.

O sítio não era grande, contudo era muito funcional. Aquele pedaço de terra fazia parte da família de Pedro há várias gerações. Seus ancestrais estavam ali muito antes da chegada dos fazendeiros criadores de boi, incentivados por Lobo d'Almada. Eles chegaram muito antes da criação dos grandes aldeamentos indígenas, organizados pela coroa portuguesa. Eles montaram assentamento muito antes de os primeiros navios portugueses atracarem na costa do Brasil.

De acordo com a história contada de geração em geração, através da tradição oral, os antepassados de Pedro moravam originalmente às margens do rio *Tacutu*. Um ancestral de Pedro foi a um festejo na aldeia dos índios Guacaris, guerreiros amigos dos *macuxis*. Na festa, conheceu e enamorou-se de uma das moças *icamiabas,* que participavam dos festejos. Como ela também se apaixonou pelo rapaz, os dois fugiram pela floresta adentro. Ambos sabiam que as parentes *icamiabas* não permitiriam tal união, e decidiram que iriam o mais longe que suas pernas pudessem levá-los para poderem viver juntos e formar uma grande família.

Chegaram a uma região, onde havia um rio repleto de peixes de couro, com longos bigodes e esporões que, quando atingiam a pele das pessoas, causavam dores terríveis. A pele inchava e ficava vermelha, além de provocar febre e calafrios. Mas a carne era branca e suave. Eles experimentaram pescá-los, e não foi difícil. Ela, com o arco e a flecha, era imbatível, e ele conhecia a arte da pesca, pois sua família morava às margens de um grande rio, bem distante dali. Pegaram alguns peixes. A moça abriu o ventre dos peixes com uma pedra afiada, que ela trouxera da região onde suas irmãs moravam. O rapaz pegou madeira e fez uma fogueira.

Depois de assar o peixe e comerem o suficiente, eles decidiram que aquela região seria um bom local para começarem suas vidas juntos. E, juntos, colocaram-se a construir um *tapiri*, plantar mandioca e algodão, coletar palha de palmeiras para confeccionar cestos e colher o que a floresta tinha de melhor para lhes oferecer.

O tempo passou, e a moça teve uma filha. Eles foram felizes até o dia que seus familiares a encontram, já grávida de novo filho. Houve muitas discussões, pois os parentes da moça queriam seu retorno à comunidade, insistindo na importância de sua presença entre eles. Com o estresse causado pelos ânimos alterados, a moça, que já estava bem adiantada, entrou em trabalho de parto e deu à luz um lindo e forte menino. As parentes da moça eram todas do gênero feminino, assim como todos os membros da comunidade na qual ela vivia. Porém, o dito sexo frágil não se aplicava àquelas mulheres. Elas eram guerreiras, e suas façanhas bélicas eram conhecidas por toda a grande floresta.

Diante do parto precoce e da fragilidade da pequena família – e em face à pressão das guerreiras para que ela voltasse para casa –, o antepassado de Pedro e a sua esposa decidiram que ele voltaria para junto de seus familiares às margens do rio *Tacutu,* juntamente com o bebê, e que ela retornaria à sua comunidade matriarcal levando consigo a filha. Lá, perto da união dos dois grandes rios da região, ele e o bebê as esperariam, para que vivessem juntos e felizes de novo.

Ao chegarem à maloca, às margens do Tacutu, pai e filho foram recebidos com muita alegria, pois, além do retorno de um membro tão querido da comunidade, ainda mais com um bebê, as comemorações da colheita da mandioca tinham se iniciado.

A lua nascia no céu, crescia, crescia. Ela ficava tão grande que ofuscava todas as estrelas do firmamento. Então, ela murchava e morria. Esse ciclo da lua se repetia, e se repetia. A época das monções chegava, ia-se e voltava. O tempo fazia o que sabia melhor... passava!

Pai e filho, sempre à espera da mãe e da irmã.

O período da festa da colheita se aproximava. Era o quinto, desde a chegada dos dois. O bebê já era um rapazinho. Ele corria, subia em árvores, até já saía para a pesca, além de ajudar o pai e a comunidade na colheita da mandioca, para a fabricação da farinha, que era a base do alimento de todos na aldeia. Enfim, já era um membro efetivo da maloca.

Um dia, no começo da tarde, o pai e seu filho estavam às margens do *Tacutu*, quando uma canoa atracou na paragem. Dela saíram dois guerreiros *pemons*. Eles vinham da região do rio *Nhamundá*, que era próximo da comunidade onde a mãe e filha estavam. Os guerreiros traziam uma mensagem:

– Encontramos umas guerreiras *Icamiabas* quando estávamos próximos ao rio *Nhamundá*. Elas quase nos abateram, mas, quando dissemos que não queríamos confusão e já estávamos retornando para nossa área, elas perguntaram se passaríamos pelo *Tacutu* e pediram para trazer uma mensagem a você – contaram os guerreiros. E continuam:

– Elas pediram para avisar que sua esposa virá passar uns dias com vocês. Quando a lua estiver grande no céu, ela chegará. Mas ela virá sozinha, para presentear o seu filho com o *Muiraquitã*, do lago *Yacy Uaruá*, o Espelho da Lua. A sua filha não vem. Ela é muito nova para sair da maloca – dito isto, os guerreiros *pemons* seguiram seu caminho.

Pai e filho ficaram muito felizes com a notícia. Nunca haviam perdido as esperanças de reencontrar a esposa e mãe. Organizaram tudo em casa, espalharam a notícia aos parentes. A festa da colheita da mandioca seria especial dessa vez.

No dia da festa, quando a lua estava maior no céu, o malocão já estava em festa. As músicas e as danças já corriam soltas, enchendo de sons a floresta com batidas de tambor e cantoria. Pai e filho foram até a margem do *Tacutu*, alguns anciãos os acompanharam. Afinal, quando se era possível ver uma verdadeira *Icamiaba*?

Eles esperaram, e esperaram. O garoto já dormia no colo do pai, que o segurava com o coração apertado de tanta ansiedade. Eles estavam em silêncio. Somente o som da correnteza batendo contra as margens do *Tacutu* quebrava a monotonia do silêncio. De repente, um chacoalhar abrupto na água. Todos olharam para a direção do barulho, sem conseguir acreditar no que viam. O pai olhou para os anciões, que também estavam perplexos. Uma enorme cobra se elevava das águas, mais grossa que o tronco da castanheira mais antiga da região. Sua cabeça enorme era do tamanho de uma capivara inteira. A cobra grande vinha em sua direção, serpenteando na água; seus olhos eram hipnotizantes. O pai ficou paralisado, sem conseguir se mexer. Então, os anciãos correram o mais rápido que conseguiam para pedir ajuda.

Pai e filho estavam em cima de uma grande rocha à beira do rio, pois queriam ver a aproximação da embarcação que traria sua esposa e mãe. A cobra grande se levantou até onde eles estavam, e ficou cara a cara com os dois. O pai não soube por quanto tempo ficou ali com aquele monstro do rio o encarando, querendo hipnotizá-lo, querendo entrar na sua cabeça e na sua alma. Apesar de a situação parecer aterrorizante, o pai sentiu uma paz e um aconchego penetrarem em sua alma e seu coração. Mas, então, gritos, tochas com fogo e muita correria quebraram o encanto da serpente. Eram os parentes que foram alertados pelos anciãos, que vieram ao auxílio.

A cobra levantava o rabo da água e chicoteava os parentes, que queriam espantá-la com o fogo, mas não afastava sua cabeça, que estava voltada para o pai e seu filho. Era como se o pai estivesse alheio a tudo aquilo. Ele olhava com o canto dos olhos para a cena de luta que se desenrolava ao seu redor, mas ele acabava voltando sua atenção para aqueles dois olhos que o faziam sentir-se como se estivesse finalmente encontrado um lar, e que pareciam gritar por ele.

Nesse momento, o filho acordou em meio a toda aquela confusão. Quando percebeu a cobra grande, assustou-se e gritou alto, aterrorizado. Um grito de horror, medo, desespero. Nesse instante, tudo parou, como se todos virassem estátuas. A cobra grande ficou imóvel e voltou seu olhar amarelado para a criança, que até aquele momento havia ignorado sua presença. Todos ficaram com medo do que ela faria a seguir. Mas, inesperadamente, a cobra grande foi se afastando bem devagar, afundando no rio. O pai, que não tirava os olhos daquele ser monstruoso, jurava que via lágrimas saindo dos olhos grandes e amarelados da imensa cobra, enquanto ela se afastava e desapareceria nas águas caudalosas do rio *Tacutu*.

Nos dias que se seguiram, os ânimos ainda estavam muito agitados. Pai e filho não saíram da maloca. A criança estava em estado de choque, e mesmo o pai ainda não entendia o que acontecera. Entretanto, a vida na grande maloca às margens do *Tacutu* não poderia se dar ao luxo de parar. A vida da aldeia necessitava da caça e da pesca. Como o pai estava abalado pelos acontecimentos à beira do rio, o *tuxaua*, líder do grupo, pediu ao pai que acompanhasse os homens da caçada. As mulheres e as crianças ficariam na plantação de mandioca, assim como na coleta das frutas e de outros alimentos da dieta da comunidade. Já a pesca ficaria a cargo de um seleto grupo de homens experientes na lida no rio.

O dia transcorreu calmo. A caça resultou em uma paca e três cutias. As coletas de castanhas e algumas frutas da região também encheram os cestos de palha de buriti. Essa época, do início das chuvas, era bem promissora para manter os estoques de alimentos da aldeia.

Escureceu, e todos estavam ansiosos pela chegada dos pescadores. A lua ainda estava grande no céu, agora com um halo amarelado ao seu redor. As nuvens que sutilmente tentavam se aproximar eram repelidas pelo clarão que dela era emitido.

Um silêncio veio da trilha. Todos voltaram sua atenção para o caminho de vinha da beira do rio *Tacutu*. O silêncio se fez tão forte, que parecia até que os barulhos da selva estavam também na expectativa das notícias. Todos olharam para os cestos de palha que deveriam estar cheios da pescada-branca, tão abundante nesse período e nesse horário. Nada. Vazio total.

Os pescadores então falaram que não tinham visto monstro algum. Mas, sim, ele estava lá, à espreita, serpenteando no fundo do rio e fazendo os peixes fugirem. Mesmo os botos vermelhos e o *tucuxis*, que tanto brincavam no rio, estavam quietos como se estivessem dando espaço para algo maior, que merecia menos peraltice e mais, muito mais, respeito. Todos da comunidade ficaram pensativos, tentando entender tudo o que se passava. Ainda em silêncio, voltaram para suas casas ao redor do grande malocão de festas.

Os dias se seguiram, e tudo continuou igual; menos a lua, que diminuía no céu, deixando-o mais escuro e mais amedrontador. O pai, vendo a necessidade de pegar peixe para a aldeia e para seu filho, decidiu que já era hora de ir com os pescadores. Ele estava preparado. Muniu-se de zarabatana, arco e flecha, machadinha, lança com *curare* – espécie de veneno paralisante –; enfim, tudo o que ele pudesse usar para abater aquela cobra enorme. Ao longo dos dias, o pai foi cultivando um pensamento tenebroso. Nada tirava da sua cabeça que aquele monstro com olhos hipnotizantes pegara sua esposa. Ele estava disposto a se vingar. Nem todo o medo que alguém pudesse sentir iria impedi-lo de acabar com aquele bicho que lhe roubara seu amor.

Saíram ainda com o sol no céu. Subiriam o rio antes de escurecer, para verificar se tinham sorte com o pesqueiro de *pacu*, localizado em uma parte do leito do rio acima da correnteza. Todos os dias, os pescadores iam ao mesmo local do remanso e jogavam o milho que cultivavam na aldeia. Era sempre na mesma hora, para que os peixes se acostumassem a alimentar-se por ali. E, quando necessitavam de peixe, aquele pesqueiro era sempre um local certo para consegui-lo. Depois de tantos dias sem nenhum sucesso, o pesqueiro era a última esperança de todos.

O pai subiu receoso em sua *ubá*, canoa construída com uma única tora de madeira. As águas do *Tacutu* eram turvas, mas até alguns metros de profundidade era possível enxergar sob a água. Os pescadores remavam firmes de encontro à correnteza, onde antes dava para ver os cardumes de peixes disparando na água, também subindo o rio; naquele momento não se via um único peixinho sob as águas do *Tacutu*.

A sensação de estarem sendo observados perseguia o pai, deixando-o inquieto. Essa impressão de ser uma presa persistiu até chegarem ao pesqueiro. Mesmo antes de chegarem, já reinava o pressentimento de não conseguirem ter êxito na pescaria.

A noite trouxe a escuridão, e a lua apareceu tímida no céu, diminuindo a cada dia. Tudo se completava com o silêncio absoluto e incomum vindo da mata, porque a sinfonia da mata é alta, e ela não tem nada de silenciosa. Fora do normal, também, eram as ondulações da água. Uma formação de ondas na superfície, em espiral, que nada parecia com o correr das águas formadas pelo relevo do leito do *Tacutu*. Os pescadores observavam quietos, como se já conhecessem esse padrão na água e estivessem à espera de um mau agouro. Foi aí que ouviu-se o grito de uma guariba, e em seguida todo um coro delas gritou. Um barulho de galhos quebrando, devido à fuga em massa do bando dos maiores primatas da região, alvoroçou a mata.

A tensão aumentou entre todos ali, e os olhos arregalados dos pescadores se fixaram em algo que se erguia da água. Pingos, como de chuva grossa, caíam sobre o pai, e, quando este olhou para trás, viu a grande cobra elevada da água. Ela abria a boca bem grande, e dela saía um barulho, como se a cobra quisesse falar e encantá-los com seu linguajar ofídico.

Foi nesse exato momento que os pescadores saíram do transe e começaram a remar para as margens do rio. O pai continuava estático, paralisado, como da outra vez que vira a cobra. O pai ficava olhando fixamente para aqueles olhos amarelo-fogo, pois aquele mesmo sentimento de tranquilidade apoderou-se dele, e lançou para longe o sentimento de vingança que vinha crescendo em seu coração. A cobra-grande percebeu a intenção dos pescadores e se pôs a perseguir a *ubá*. Vendo a paralisia do pai, os pescadores o carregaram para fora da canoa e o arrastaram mata adentro. A canoa ficou largada por lá, mas a cobra grande não se deteve com a saída da água e começou a persegui-los mesmo por terra, derrubando árvores inteiras e abrindo uma enorme trilha que nem toda a tribo junta conseguiria abrir em um dia inteiro de trabalho.

Aos poucos, o barulho de madeira quebrando diminuiu. Quando tiveram certeza de que conseguiram escapar, os pescadores pararam de correr e se questionaram sobre o que havia ocorrido ali. O pai, encostado no tronco de uma árvore, estava alheio à conversa dos pescadores, e só lhe vinha ao pensamento os olhos da grande cobra que o paralisou como encantamento.

O pai sentou-se em um tronco de árvore caído, apoiou os cotovelos nos joelhos e segurou a cabeça com as mãos. Tudo rodava em sua mente. Apesar de ter sido salvo pelos companheiros no momento do transe, enquanto estava mergulhado nos olhos amarelados da cobra, o pai lembrou-se da sensação de algo familiar, como o de estar voltando para o lar. Esse sentimento cresceu em seu coração. Mas, após ser arrancado daquele olhar pelos pescadores, foi como se a solidão tomasse conta de sua alma, uma sensação de ter sido deposto de onde realmente deveria estar.

Depois de descansarem, os pescadores e o pai continuaram seu retorno à maloca, causando um alvoroço ao chegarem por terra e, além disso, sem a *ubá*. Diante de todos os acontecimentos incomuns ocorridos nos últimos dias, o conselho dos anciãos decidiu se reunir para deliberar a respeito do que estava acontecendo e sobre o que deveria ser feito.

Os anciãos se retiraram da maloca para um lugar a esmo, em um *tapiri* na mata adentro, a fim de entrar em sintonia com os espíritos da floresta, em um ritual da sua tradição, e então decidirem o que fazer nesse momento de necessidade. A noite chegou e se foi. O sol brilhou no alto do céu e desceu. Foi somente quando as estrelas estavam de novo cintilando alto no firmamento que os antigos da comunidade retornaram, chamando todos para se reunirem no grande malocão.

O alvoroço era predominante, e as conjecturas sobre o porquê de tudo aquilo ganhavam volume. Cada um tinha uma teoria. Pai e filho ficaram em um canto do malocão quietos, somente ouvindo todo aquele burburinho. O filho, mesmo pequeno, parecia entender o conflito que havia no coração de seu pai e permanecia comportado, bem diferente do seu estado de euforia costumeiro.

De repente um dos anciãos disse em voz alta:

– *Boiuna*!

Era o mais antigo dos anciãos quem falava, e somente se ouvia o som da respiração dos que ali estavam. Os anciãos explicaram que *boiuna* era a maldição do *Muiraquitã*, que era lançada a quem o traía.

Instantaneamente, todas as cabeças se voltaram para os dois que estavam sentados ao fundo do malocão. Foi nesse momento que o pai teve a certeza de que ele e seu filho teriam que abandonar a aldeia – para o bem de seus parentes e para o bem deles próprios. Se os anciãos acreditavam que tudo o que estava acontecendo tinha algo a ver com ele e seu filho, era óbvio que eles não eram mais bem-vindos ali.

Na manhã seguinte os pescadores voltaram ao local para pegar a *ubá* que haviam largado rio acima, e que serviria para levar o pai e seu filho ao seu próximo destino. Enquanto isso, o pai organizou tudo para a mudança. Na hora em que o sol estava mais alto no céu, os pescadores chegaram às margens do *Tacutu*, onde pai e filho já os aguardavam. Não havia ninguém junto a eles. Ninguém queria correr o risco de topar com a *boiuna* novamente.

Assim que os pescadores aportaram, o mais velho deles chegou perto do pai. Disse-lhe que, quando entraram na *ubá*, encontraram um colar com um amuleto de *Muiraquitã* pendurado. O pescador entregou o amuleto ao pai, que o colocou no pescoço de seu filho. Assim, todos entraram na canoa e começaram a descer o *Tacutu*. Passaram pelo ponto de união com o rio *Uraricoera*, desceram o grande rio de águas claras que se formou. Até que, bem abaixo do grande rio, os pescadores deixaram pai e filho, que se colocaram a caminhar. Seriam alguns dias caminhando nas trilhas da mata, mas o caminho eles já conheciam. Eles iriam para o local onde o pai e a mãe viveram quando se casaram e tiveram seus filhos. Lá eles viveriam longe do rio e da possibilidade de encontrar a grande cobra que os perseguia.

O amuleto do *Muiraquitã,* a partir de então, foi passado de pai para filho, de geração em geração. Por coincidência, ou não, todos os membros masculinos da descendência do pai e do filho sempre voltavam para a mesma região, por ocasião do abandono de suas esposas. Ao redor do local onde o pai e o filho viviam, foi crescendo uma vila. A descendência do pai e do filho foi chamada de Filhos de *Boiuna*, e seu lar chamou-se Legado.

CAPÍTULO IV

Os dias se arrastavam na Vila do Jundiá, em Rorainópolis, principalmente no sítio Legado. Luan tinha 13 anos, estava no início da adolescência, hormônios a mil. O rapaz não parava um minuto sequer. Logo pela manhã, ele ajudava seu pai a cuidar da pequena criação de galinhas. Jogar o milho e verificar os ovos era uma tarefa rotineira que o jovem realizava com alegria. Em seguida, Luan pegava sua magrela e ia a pedaladas vigorosas para a Escola Estadual Leopoldo Cândido.

Após as aulas, o menino almoçava no malocão das refeições, juntamente com os demais moradores do sítio Legado. À tarde era a hora da lição de casa, e somente depois dos deveres escolares ele se juntava novamente a seu pai para ajudar com a horta, com o bananal, com a plantação de macaxeira. Mas o que realmente enchia os olhos de Luan de alegria era ajudar com a produção de mel.

Pedro, o pai de Luan, fez um minicurso na Empresa Brasileira de Pesquisa Agropecuária, a EMBRAPA, sobre agricultura familiar e criação de abelhas, para produção de mel. Ele ficou empolgado em iniciar essa nova criação, porque o mel produzido aumentaria a renda do sítio, que vivia no limite. O sítio Legado abrigava homens da região que por algum acaso estavam sozinhos criando seus filhos. Alguns passavam um pequeno período por lá, outros permaneciam por anos. A renda da produção era dividida com todos que trabalhavam, depois da retirada do dinheiro da manutenção do sítio. Então, a possibilidade do aumento dessa renda era muito animadora.

No minicurso, Pedro aprendeu muito sobre a abelha africana, *Apis mellifera*, os equipamentos e materiais que são necessários para a apicultura, ou seja, criação de abelhas. Outro assunto tratado foi o dos cuidados com a colmeia e a alimentação das abelhas, bem como a coleta do mel e dos outros produtos. Muito surpreendeu Pedro que o mel não fosse o único produto da apicultura. Além do mel, o apicultor pode coletar cera, própolis, pólen agrícola, geleia real e, até mesmo o veneno da abelha, chamado "apitoxina". Enfim, todas essas eram informações úteis para a obtenção de lucro com o mel e os demais produtos.

A criação de abelhas foi iniciada vagarosamente. Pedro não queria meter os pés pelas mãos, então iniciou a criação com um projeto piloto. Quando percebeu que conseguiria colocar em prática o que aprendera no curso, ele solicitou um financiamento agrário junto ao Banco da Amazônia, o que possibilitou ampliar o apiário do sítio Legado.

Luan realmente amava lidar com as abelhas. Ele ficava encantado com a dinâmica da colmeia. Por causa dessa paixão, sempre se vestia com roupas claras, pois seu pai explicara que as roupas escuras irritavam as abelhas. Luan cultivava fielmente o sonho de tornar-se zootecnista.

Luan e Pedro iam até o apiário todos os finais de tarde, acompanhados por alguns moradores da região. Era nesse horário que as abelhas operárias geralmente estavam fora da colmeia. Luan simplesmente amava se vestir para o manejo com as abelhas. O macacão de brim, a máscara de proteção de apicultor e as luvas lhe davam a impressão de estar em outro planeta, lidando com seres extraterrestres. A imaginação de Luan era singular, e todos o conheciam por seu lado criativo. Todos os dias, eles retiravam os matos que cresciam em torno do apiário. A cada quinze dias, eles faziam a revisão das caixas para verificar a existência de possíveis insetos, como formigas ou traças; verificavam se a rainha estava fértil, se havia excedente de mel ou cera, entre outras tarefas. A função principal de Luan era usar o fumigador. Este equipamento liberava uma fumaça para acalmar as abelhas, de modo que o manejo ocorresse sem estresse para elas e sem perigo para os criadores. Luan estava muito orgulhoso de sua contribuição para a produção e também muito zeloso para evitar qualquer tipo de intercorrência.

Outra atividade relacionada à criação de abelhas era a captura de enxames da natureza. Pedro distribuía caixas de madeira com quadros que continham cera alveolada. Essas caixas eram colocadas perto de fontes de água, mas também podiam ser instaladas em troncos de árvores. Como Luan ajudava seu pai sempre que podia, ele aprendeu a construir sua própria caixa de captura.

Em uma manhã de sábado, bem ao raiar do dia, quando a escuridão da noite começava a esvanecer-se, Luan acordou com um único propósito: terminar sua caixa de captura para levá-la logo após o almoço a uma árvore próxima de um pequeno córrego, a quinze minutos de caminhada do sítio Legado. Ele queria montar seu próprio apiário e, para isso, teria que capturar uma colmeia.

O local escolhido por Luan era bem conhecido. Vez ou outra, ele e seus amigos banhavam-se no córrego para se refrescar. Mas dessa vez Luan fora sozinho. Ele não queria dividir com mais ninguém a glória de conseguir sua colmeia. Seu pai tinha-lhe prometido três quadros com cera alveolada se Luan fizesse a caixa de madeira. Assim, mal o dia começou, e o jovem já se colocara a construir sua caixa.

Após o almoço, Pedro deu a Luan os quadros com cera e recomendou-lhe para não se demorar nessa tarefa, pois não queria que Luan ficasse vagando pelas redondezas após o entardecer. Dessa forma, Luan pegou uma mochila com uma garrafa de água, as ferramentas necessárias para fixar a caixa na árvore, montou na sua magrela e colocou-se a pedalar rumo ao córrego.

Quando chegou ao local, Luan logo avistou a árvore escolhida. Ela era especial, pois seu tronco era torto, inclinado obliquamente, e seus galhos mais espessos ficavam quase paralelos ao chão, como um banco. O formato da árvore facilitaria a instalação da caixa; sem falar que o bosque era bem fechado – e bem perto havia um pequeno córrego.

Luan se lançou ao trabalho. O menino subiu no tronco da árvore, levando junto sua mochila e a caixa. Como a caixa-isca se assentava muito bem nos galhos da árvore, o trabalho de fixação foi tranquilo. Em pouco mais de uma hora, Luan havia terminado sua instalação. Ele tirou a roupa, ficou apenas de calção e resolveu dar um mergulho nas frias águas do pequeno córrego. Em seguida, subiu no galho da árvore onde havia instalado sua caixa-isca, e pegou da mochila a garrafa de água e duas bananas que havia trazido consigo.

Luan comeu bananas, bebeu da água e ficou admirando sua obra-prima. Os olhos do jovem rapaz começaram a pesar, e bem lentamente fecharam. O som da água corrente e do canto dos pássaros acolheram o cansaço da correria do dia, que finalmente cobrou o preço; e Luan adormeceu ali mesmo, ao lado de sua caixa de madeira.

Um barulho como o de folhas secas sendo quebradas se fez ouvir. Luan lentamente abriu os olhos. Quase não havia diferença entre ficar de olhos fechados ou não. Estava escuro; por mais que fosse lua cheia, ela ainda não estava no alto do céu. Além disso, as árvores altas tornavam o ambiente muito mais obscurecido. Uma coisa chamou a atenção do rapaz: os pássaros estavam em silêncio, só se ouvia o agora tímido som da água do igarapé correndo, e um quebrar sorrateiro de folhas. Um arrepio percorreu todo corpo de Luan, e a imagem de seu pai preocupado logo surgiu em sua mente.

Mais do que rápido, ele pegou suas coisas e desceu da árvore. Na mochila havia uma lanterna, e ele se pôs a caminho de casa, pedalando freneticamente. O caminho para chegar à sua casa era uma trilha larga e plana, frequentemente usada pelos moradores da região. Logo, era um bom terreno para se pedalar bem veloz. Enquanto Luan pedalava, a lua cheia subia majestosa ao fim da trilha; assim, ele guardou a lanterna no bolso. O suor escorria pela testa do rapaz, e fez com que ele pegasse a ponta da camisa para passar no rosto. Um segundo sem olhar para a estrada e *paft*! Quando ele percebeu, já estava caído no chão. A sua bicicleta estava toda torta a uns metros de distância. Parecia que um muro havia se colocado do nada, bem à frente de Luan – e se chocado nele, ou ele no muro. Ele ainda estava tonto. Foi quando ele olhou para cima. Parecia um quadro de filme de terror. No alto estava a Lua no máximo de sua grandeza e esplendor. Ela iluminava um ser que Luan não sabia se era homem ou bicho. Com toda certeza, tinha um corpo de homem. Ele era forte, seus músculos bem exuberantes, e usava uma veste que ia da cintura até os joelhos, feita de palha. Seu corpo estava todo pintado com uns símbolos em vermelho que Luan não sabia o que significavam. Na mão ele carregava um osso longo e enorme, e Luan não conseguia imaginar na terra uma animal que tivesse ossos tão longos assim. Colares com sementes e pedras contornavam o pescoço daquele homem. Mas a cabeça que aquele pescoço suportava fez o sangue de Luan gelar. A cabeça do homem estava recoberta com algo que parecia uma máscara feita de crânio de boi, com chifres. Contudo, mesmo com aquele monte de ossos e chifres, Luan conseguia enxergar o vermelho de seus olhos.

No momento em que os olhos de Luan e o do "homem-coisa" se encontraram, houve um clarão que ofuscou a visão do jovem rapaz, e uma retumbante voz soou, machucando os ouvidos dele:

– Tudo isso por causa daquele inconsequente. Ele vai aprender a não mexer com o equilíbrio das coisas.

– O quê? Eu não entendo – disse Luan, com a voz bem alta, pois nem ao menos ouvia a si mesmo com aquela voz ressoando no interior de seus ouvidos e sua mente.

– Quieto, descendente de *boiuna*. Vá servir ao seu propósito. Mostrarei que quem mexe com a natureza, mexe com tudo e todos. Ninguém ficará sem sentir o peso do meu desgosto! Diga para todo mundo que o Canaimé não perdoa. O Boto-rei vai saber! E *boiuna* vai aprender de que lado tem que ficar.

Parecia que mil trovões tinham explodido na cabeça de Luan. Ele não enxergava direito, por causa daquele clarão forte. A silhueta escura do Canaimé foi se esmaecendo, e, por trás dela, a lua se fazia mais majestosa e enorme. Luan começou a sentir uma raiva crescendo em seu peito, como se as palavras do Canaimé tomassem conta de todo o seu interior; e, por fim, a única coisa que Luan via era a lua, e uma vontade de uivar para ela encheu seus pulmões. Foi aí que tudo desapareceu.

Estava um calor daqueles. A vila do Jundiá fica a menos de cem quilômetros de distância da vila Nova Colina, local onde fica a rocha que simboliza a linha do Equador, na praça do Centro do Mundo. Roraima é um estado quente, e Jundiá não foge à regra.

Na copa do posto de fiscalização da Polícia Militar que fica no Jundiá, Kel estava fazendo um café bem forte para tomar com leite. Era um longo período longe de sua casa em Boa Vista. Dólis estava grávida, e Kel só queria voltar para ficar mais próximo de sua esposa. Porém essa ação conjunta entre as polícias Civil, Militar e Federal estava tomando mais tempo do que ele havia imaginado. Eles estavam na mira de alguns traficantes de aves, e sua missão ainda não estava concluída.

Na noite anterior, Kel e seus colegas ouviram muitos sons de onça pelas redondezas. Essas histórias de encontro com onças não eram incomuns na região, e cada um acabou contando sua experiência. Isso levou praticamente a noite toda.

    Um dos policiais militares falou que, um dia, chegou um homem ao posto de fiscalização todo ensanguentado nas costas, e contou que estava se dirigindo para Rorainópolis; era no horário da tarde, quando o pneu de sua caminhonete furou bem no trecho que fica na Reserva Indígena Waimiri-Atroari. O homem trocou o pneu e percebeu que já estava escuro, organizou tudo e pegou uma latinha de refrigerante para matar a sede. No instante em que se preparava para abrir o refrigerante, o homem sentiu um baque nas costas tão forte, que o levou ao chão. Por causa do impacto, a lata caiu de sua mão; quando bateu no chão, estourou e rolou alguns metros para frente. Atordoado, o homem olhou em direção à lanterna e viu uma enorme onça atacando a latinha. Ele não pensou duas vezes: pulou para dentro da caminhonete e dirigiu o mais rápido que pôde. Quando ainda estava processando tudo o que tinha acontecido, o homem sentiu um líquido quente escorrendo pelas costas e um ardor insuportável. Foi aí que percebeu que suas costas estavam ensanguentadas. Mas mesmo assim, todo machucado, o homem só parou quando chegou ao posto da polícia para pedir ajuda.

    Onça é bicho traiçoeiro. Não fica em perseguições como leões ou guepardos. A onça espreita, dá o bote e não larga mais. Sorte do caminhoneiro que a onça se distraiu com a lata de refrigerante. Um policial federal que estava junto disse que alguns dias após esse incidente houve outro, também com onça. Desta vez foi um ônibus. O motorista também estava dirigindo no trecho da BR-174, que fica na Reserva Indígena Waimiri-Atroari. Segundo o motorista, tudo estava tranquilo quando, subitamente, algo atravessou a pista. O motorista tentou desviar do bicho, mas tudo aconteceu muito rápido; e ele ainda sentiu um baque quando o animal se chocou com o ônibus. O motorista conseguiu frear e olhou pelo retrovisor. Ele pôde ver um animal caído no acostamento, e começou a tremer pelo susto. Mas, mesmo assim, o homem desceu do ônibus e o contornou para se aproximar do animal. O motorista se deu conta de que era uma onça pintada caída ao chão. Ele aproximou-se, e, de repente, o felino deu um salto para a frente; ao mesmo tempo, o motorista gritou e pulou para trás. Um ficou encarando o outro. Depois de um tempo, que o motorista não soube dizer o quanto, a onça soltou um urro longo e forte, e saiu correndo em direção à mata. Nesse ínterim, o motorista correu para dentro do ônibus e tratou de sair daquele lugar.

Ao término da história, prontamente outro agente disse que, no dia anterior, encontrou o seu Zé das Pimentas, que contou ter topado com uma pintada perto da sua plantação de pimenta. Ele havia saído cedo para colher umas pimentas de cheiro e quando as estava colhendo se sentiu observado. Olhou para um lado e para outro. No tempo em que seu Zé olhou para frente, viu que a uns 10 metros havia uma onça pintada sentada, olhando diretamente para ele. Sem desviar o olhar, lentamente, seu Zé se colocou atrás da bicicleta que estava a seu lado e continuou encarando a onça. O tempo passou, e aqueles olhos amarelos só faziam crescer; até que, lentamente, mas ainda olhando fixamente para o seu Zé, a onça levantou-se e sumiu na mata. O seu Zé ficou tão apavorado que jurou nunca mais botar os pés naquela plantação de pimenta.

Com tantas histórias de aparição de onça, Kel demorou para dormir. Naquele momento a única coisa que queria era o café com leite de sua mãe, mas no momento tinha que se contentar com o seu próprio, o que naquela altura do campeonato estava bom demais da conta. Então, Kel tratou de se alimentar e foi para a recepção do posto.

Mal ele chegou à recepção junto a seus parceiros de trabalho, e algumas pessoas chegaram agitadas. Todas elas falavam ao mesmo tempo. Após várias tentativas de entendê-las, sem sucesso, Kel gritou:

– Calma! Agora, só um fala, por favor!

– É o Luan, seu policial. O menino endoidou. Ele sumiu ontem de tardinha e só apareceu hoje cedo. Ele tava transtornado. Gritando, rosnando, chutando tudo. Ele até tentou morder o pai dele – disse um jovem, que parecia ser o mais velho do grupo.

– O Capelobo baixou nele, seu guarda – falou outro rapaz.

– E o que raios é Capelobo, menino? – perguntou um policial militar que estava ao lado de Kel.

– É a história que nossos avós contam pra gente. É quando o capeta baixa junto com o lobisomem em alguém. Um amaldiçoado – respondeu o rapaz mais velho. – Vocês têm que vir com a gente – completou.

Assim, Kel e mais dois policiais partiram até a vila do Jundiá.

No momento em que chegaram, os três policiais viram a confusão formada. A cena parecia retirada do filme *Mogli, o menino lobo*. Um menino maltrapilho, só com uma bermuda rasgada, todo arranhado e coberto por lama, rosnava e avançava nas pessoas. Seu cabelo estava empapado de lama. Os olhos estavam vermelhos, como se o sangue estivesse a ponto de jorrar deles. O pai do garoto, que estava perto, tentando segurá-lo, chorava e pedia a seu filho que ficasse calmo. Os moradores, horrorizados, murmuravam em uníssono: "Capelobo... Capelobo...".

Kel e seus dois amigos olharam um para o outro e falaram ao mesmo tempo:

– Agora!

Cercaram o menino, e, enquanto dois o distraíam, Kel chegou por trás e o segurou firmemente. Nesse momento, os outros dois policiais chegaram juntos para conter o menino que esperneava. Até que, de repente, Luan, o Capelobo, virou o rosto, encarou Kel bem nos olhos e disse, com a voz mais tenebrosa que Kel já tinha ouvido:

– Diga para ele voltar. Isso é só o começo. Se o Boto-rei não voltar, Capelobo será o menor dos seus problemas – em seguida, o menino perdeu os sentidos.

CAPÍTULO V

Como já dizia o poeta Eliakin Rufino: "Cidade do campo, beira-rio. Estrela do Norte do Brasil [...]". A capital de Roraima, a mais setentrional do Brasil, Boa Vista, nasceu às margens do rio Branco. Esta cidade, que teve seu planejamento inspirado nas ruas de Paris, foi construída em forma de leque, cuja base é o próprio rio Branco.

O caudaloso rio Branco faz parte da bacia Amazônica. Ele deságua no rio Negro – que forma, junto com o rio Solimões, o rio Amazonas. E o Amazonas, como todo rio, deságua no oceano – neste caso, o Atlântico. Toda a região amazônica é interligada por uma rede de rios, lagos e igarapés, que são pequenos rios; inclusive, a capital Boa Vista, que está um pouco acima da linha do Equador, no hemisfério Norte.

Essa proximidade com a linha do Equador configura o clima do estado de Roraima de forma bem peculiar. Nas regiões Oeste e Sul, o clima é Equatorial, ou seja, é quente e úmido, com forte influência da floresta Amazônica. Na região Norte, o clima Equatorial é influenciado pelas cadeias montanhosas, que deixam as temperaturas mais amenas. Mas, ao leste, onde Boa Vista está localizada, o clima é Tropical. A cidade é situada em uma área plana – de campo –, ou, como se diz na região, área de lavrado.

Em Boa Vista, o clima é quente. Muito quente! Quente mesmo! Apesar de ter um período de chuvas e estiagem bem definidos, as temperaturas elevadas não perdoam os municípios. Entretanto, o grande rio Branco, seus afluentes e igarapés funcionam durante o dia como um bálsamo de frescor, quando a sensação térmica se torna extrema. Em fins de semana, feriados e, às vezes, até mesmo durante a semana, dependendo da quentura do dia, as praias de areia branca estão lotadas de banhistas; todos disputando um pedacinho de espaço na areia para aproveitar as águas refrescantes dos rios. Isto porque, na Amazônia, quem vai à praia vai à praia do rio.

Justamente em um dia quente de verão, no qual as temperaturas chegaram aos 40ºC e ninguém conseguia ficar em casa, Lena e Lou decidiram ir à praia da Polar, no bairro Paraviana, a fim de espantar um pouco o calorão que se instalou na cidade. Lena morava em um bairro adjacente ao bairro em que esta praia estava localizada.

A praia da Polar fica às margens do rio Cauamé, que é um afluente do grande rio Branco. O nome Polar se deve ao fato de que essa praia era o principal local de encontro dos apreciadores da cerveja venezuelana Polar. Logo após a conclusão do asfaltamento da BR-174, que liga o Brasil à Venezuela, o acesso fácil a Santa *Elena de Uairén*, cidade venezuelana fronteiriça, viabilizou a aquisição da tão apreciada bebida fermentada, e por isso a praia foi batizada com seu nome.

Para alegria de Lena, o rio ficava a cerca de três quilômetros de sua casa. Apenas oito minutos de carro separavam Lena do prazeroso mergulho nas águas fresquinhas do Cauamé, na praia da Polar. Lena trabalhava na única maternidade pública de Boa Vista, na sala de parto, ajudando as futuras mamães para o momento da chegada de seus bebês. Como psicóloga, ela podia acolher o sofrimento das grávidas e ajudá-las a transformar a dor do parto em força e tranquilidade, nesse momento tão ímpar na vida de uma mulher.

O turno de trabalho de Lena era das sete às treze horas. Já era meio-dia, e Lena não via a hora de poder registrar o ponto e encerrar seu turno. Quando Lena pegou no celular mais uma vez para checar a hora, percebeu que havia duas mensagens de texto. A primeira mensagem, inesperada, era de Inia, sua amiga americana, que conhecera no início do ano, durante uma viagem turística à Flórida, e que se prolongou com a subida ao Monte Roraima. Inia informava que queria ligar mais à noite para poderem conversar. Segundo ela, algo inusitado havia ocorrido em sua cidade, e ela precisava de um ouvido amigo urgente para tentar entender o que ocorrera. Lena respondeu que adoraria receber sua ligação, e mandou beijos ao despedir-se. A segunda mensagem era de Lou, amiga de seu primo André – que, por sinal, tinha sumido do radar há meses; ao contrário de Lou, que mantinha sempre contato com todos. Lou queria confirmar o passeio das duas à praia da Polar. Ela era bióloga, e trabalhava pelas manhãs no Instituto de Preservação da Vida Aquática de Roraima – IPRESVA-RR. Logo, Lou estaria livre para aproveitarem a tarde juntas. Lena respondeu a mensagem de texto, confirmando o passeio, e organizou-se para finalizar seu dia de trabalho.

Ao chegar em casa, Lena ligou para Cissa e Kel, seus irmãos, a fim de convidá-los a se juntarem ao passeio. Todos poderiam almoçar juntos, visto que lá havia dois pequenos – mas saborosos – restaurantes, e que ainda forneciam uma deliciosa refeição e bebidas variadas, sobretudo bem geladas. Lena trocou de roupa, vestiu um maiô verde e, sobre ele, uma saia de banho colorida. Enquanto procurava sua bolsa de praia, Lena ouviu o alarme de notificação de mensagem. Eram Cissa e Kel. Cissa estava de plantão até o outro dia pela manhã e lamentou não poder ir. Ela disse que Willy havia tocado com sua banda no Bar do Roque (Roraima Motoclub) durante toda a noite, e estava praticamente desmaiado de sono na sua casa. Já Kel estava em missão no Jundiá, em uma ação conjunta das polícias Civil e Federal, referente à missão de combate ao tráfico de animais silvestres. Ele não deu detalhes, mas pediu para que Lena entrasse em contato com Dólis para ver se ela gostaria de ir ao rio.

Antes de ligar para Dólis, Lena pegou sua bolsa de praia, colocando-a dentro uma toalha de banho, um vestido de algodão, sua carteira com documentos, um *nécessaire* com sabonetes e coisinhas de mulher, protetor solar, para uma segunda aplicação, visto que ela já tinha aplicado uma camada de proteção, após vestir o maiô. Por fim, Lena colocou óculos de sol, pegou o celular, dirigiu-se ao portão para esperar Lou e aproveitou para ligar para Dólis.

– Alô! Dólis?

– E aí, Lena. Beleza? – respondeu Dólis.

– Mulher, eu estou indo à praia da Polar para almoçar e ficar um pouco de molho. Até agora iremos eu e a Lou. Vamos também?

– Ah! E a coragem? Prefiro ficar aqui em casa dormindo no fresquinho do meu ar condicionado – disse Dólis, e acrescentou. – Mas obrigada pela lembrança.

– Sem problema. Podemos marcar outro dia – respondeu Lena, ao despedir-se com um beijinho.

Nesse momento, Lou chegou, buzinando muito. Ela sempre chegava a qualquer lugar causando, seja pela altura, porque ela era enorme, seja pela voz, através da qual conseguia alcançar notas tão altas quanto sua altura. Mas também causava pela sua descontração e alegria. Lena gostava do jeito da amiga. Ela não era tão, tão, tão quanto Lou, mas as duas tinham uma boa *vibe*. Saíam juntas sempre que podiam, e nunca era chato.

– Vamos logo, Lena. Entra logo aí e coloca o cinto de segurança, que estou morrendo de fome – declarou Lou.

– Eu também estou faminta. Meu estômago está roncando.

– Estou louca para comer uma caldeirada!

– Nossa! Eu quero um pirão também, e um suco de cupuaçu bem gelado para espantar o calor – disse Lena.

Antigamente, até a década de 1990, a praia da Polar fazia parte da periferia de Boa Vista. Mas, com o crescimento da cidade e o aumento considerável da população, a praia foi quase engolida pela vida urbana. Logicamente, a Defesa Ambiental não permite construções extremamente próximas, para não prejudicar a natureza. Da casa de Lena, a cerca de dois quilômetros, o trajeto é todo asfaltado. Lou continuou na rua José Celestino da Luz, dobrou à esquerda à rua da Pitombeira e, duas quadras após o Chefão, na praça do River Park, dobrou à direita e pegou a rua Zacarias Mendes Ribeiro. Bem nessa esquina há uma placa sinalizadora, indicando a praia da Polar. Após o cruzamento com a rua Anália Soares de Freitas, o asfalto acaba e começa uma estrada de chão batido. Esse tipo de pavimentação rústica vai até as areias da praia. A partir da rua Anália Soares de Freitas, contornando a estrada de terra, eleva-se um paredão de árvores da mata ciliar. Palmeiras imensas recobertas por espinhos, as macaúbas disputam espaço com outras espécies da região. Arbustos de menor porte espremem-se ao redor dessas árvores, tornando quase impossível, além de perigoso, alguém conseguir caminhar por entre a mata.

Toda vez que Lena faz esse percurso, ela fica abismada e encantada com essa paisagem exótica, que durante o dia confere um encantamento ao local, quando os raios do sol atravessam as folhas, exigindo passagem. O colorido do verde de todas as tonalidades com o dourado da luz do sol é hipnotizante. Entretanto, à noite, o cenário deve ser tenebroso, principalmente quando a lua não está cheia.

Lena e Lou chegaram à praia e estacionaram no limite permitido, pois há normas que não permitem que veículos se aproximem da água. Nenhum veículo motorizado pode chegar a menos de 500 metros da margem. Então, elas desceram do carro, andaram um pouquinho e foram direto para o bar-restaurante do Seu Gil da Polar, que era o mais próximo do local do trajeto, onde a mata se abria para dar espaço à praia.

Ao se dirigirem ao restaurante, as meninas viram uma placa pequena, que não se encontrava lá na última visita delas à praia. A placa, meio que escondida embaixo de uma árvore, já estava com os dizeres rasgados, mas dava para ler nitidamente a seguinte frase:

"ATENÇÃO, BANHISTAS:
ÁREA SUJEITA A ATAQUE DE PIRANHAS.
CUIDADO!"

As letras A e S de "banhistas", metade inferior da palavra "piranhas" e as letras "c_ado!" estavam ausentes, mas claramente era uma advertência sutil e escondida de que alguma coisa estava ocorrendo.

É óbvio que no mar há tubarões e no rio há piranha. Mas não são frequentes os acidentes envolvendo esses animais e seres humanos. Não na Polar. Diante dessa ideia, e pelo fato de a placa estar para lá de decadente, as moças não se impressionaram; e, assim que chegaram ao bar, fizeram seus pedidos e foram se instalar na areia.

O bar-restaurante do Seu Gil da Polar é uma construção rústica de madeira recoberta, em um local elevado da praia. As mesas e cadeiras são dispostas diretamente sobre a areia. Não há paredes laterais e, ao fundo, ficam localizados o bar e a cozinha. A estrutura pequena do bar do Gil da Polar, bem como a do bar vizinho, o Amarelinhos Bar, era bem apropriada para o local. Diferente da praia de mar, que às vezes se estende por quilômetros sem fim ao redor da costa, as praias de rios, pelo menos as de rios menores, como o Cauamé, são mais exíguas. Na vazante máxima, a área de praia é de 24.590 m², bem pequena, comparada aos 15 quilômetros da Praia Grande, que margeia o rio Branco. Na Polar, quando se percebe, a mata já invadiu a margem e a floresta densa "toma de conta", como dizem os ribeirinhos.

    A praia não estava lotada, como nos fins de semana, mas havia muitas pessoas, visto que a praia ficava bem próxima da cidade, e ninguém merecia passar uma tarde de calor, depois de uma manhã de trabalho. O trecho do rio Cauamé, que cortava a Polar, serpenteava a praia em forma de "s". As águas cristalinas permitiam o vislumbre de piabinhas, e suas escamas expostas à luz do sol refletiam e faziam com que a água brilhasse um caleidoscópio de cores. Até uns vinte metros adentrando o rio, a altura da água ia até os joelhos; mas uns 15 metros da largura do rio, do outro lado da margem, a profundidade aumentava acentuadamente, e poderia ser perigoso, pois as correntezas do rio são traiçoeiras. Nessa margem oposta à praia, não havia areia. Um barranco elevava-se, e a mata ciliar densa alongava-se e projetava suas sombras sobre o rio. Nesta parte mais profunda, o rio assumia um lindo tom verde-jade.

    Na parte rasa do rio, cadeiras e mesas de plástico eram instaladas, e as pessoas literalmente bebiam e se alimentavam dentro da água. Lena e Lou preferiam ficar nas espreguiçadeiras sob um guarda-sol, na areia branquinha e fofa da praia, pois se recusavam a fazer qualquer coisa que pudesse afetar a transparência e a limpidez desse presente da natureza, que eram as águas translúcidas do *Cauamé*.

Lou colocou uma toalha de praia sobre a espreguiçadeira, deitou e pegou um saquinho com pitomba da casca verde. Lena fez o mesmo e, em seguida, pediu um cacho de pitomba. Ela amava o azedinho dessa fruta típica da região. A pitomba da casca verde é um fruto redondinho, com 2,5 cm de diâmetro, aproximadamente. Ela tem uma casca verde-oliva firme, porém fina. Sua semente globosa é recoberta por uma polpa meio alaranjada, de sabor azedinho e adocicado. Lena e Lou saboreavam as pitombas enquanto aguardavam a peixada do seu Gil. A casca da pitomba se partia sem esforço; as moças roíam sua polpa carnosa, depositando as cascas e as sementes em saquinho, que sempre carregavam consigo. Preservar ambientes naturais é fundamental, e Lena e Lou sabiam bem que deveriam levar consigo o lixo que produziam.

Enquanto devoravam as pitombas, Lou comentou:

– E aquela placa de alerta bem ali escondida, Lena? Eu não me lembro de tê-la visto da última vez que vim aqui.

– É verdade. Mas ela parece tão antiga, acho que ela é de outras épocas e estava escondida pelos galhos daquela árvore. Devem ter podado a árvore, e agora dá para ver a placa melhor – disse Lena.

– Lá no Paraíso, dona Clara faz uma sopa de piranha daquelas – comentou Lou.

Lena sorriu e acrescentou: – Quando nós passamos um feriado prolongado por lá, tia Clara fez para nós comermos, e foi realmente uma delícia.

– Essa vida tranquila dela e do seu Chico é tão saudável. Não me admira que o André tenha todo aquele vigor. Viver aquele estilo de vida constrói uma saúde de ferro e traz uma longevidade invejável – falou Lou, antes de colocar dois caroços de pitomba na boca.

– E por falar nele... você o tem visto lá pelo Instituto? – perguntou Lena.

– Ih, mulher, a última vez que vi o André foi naquela época do aniversário dele, logo após nossa descida do Monte Roraima – disse Lou.

– Eu também não o vi. Nem mesmo o Tino. Ele faz aquelas viagens de ecoturismo e também vive embrenhado na mata com o Tino, mas já está ficando estranho esse sumiço dele – afirmou Lena.

Nesse momento, a dona Neide, a mestre cuca do seu Gil, chamou Lena e Lou para comerem a caldeirada. As duas pegaram as bolsas e foram até a área coberta do bar, a fim de se deliciarem com a iguaria que dona Neide tinha feito para elas.

A caldeirada é um prato típico de Roraima. Dentre os seus ingredientes, estão o tomate em pedaços grandes, cebola picada, batata bolinha, alhos amassados, cheiro-verde, coentro, ovos cozidos, pimenta de cheiro picada, limão, azeite de oliva e, é lógico, o ingrediente principal: lombo e costela de tambaqui.

O tambaqui é um peixe de escama regional da Amazônia, e também é conhecido como Pacu Vermelho. Ele tem a carne tenra, suave e saborosa. Graças a isto, ele é super apreciado. Ele é consumido assado na folha de bananeira, ao molho de manteiga no forno; mas também o tambaqui pode ser degustado na sua forma mais popular, a caldeirada.

Para a caldeirada, dona Neide separou o lombo e as costelas de tambaqui e deixou de molho no suco de limão com um pouco de sal por meia hora. Decorrido esse tempo de molho, ela refogou em uma panela o alho e uma parte da cebola junto com o azeite. Em seguida, dona Nilda acrescentou os pedaços de tambaqui e o cheiro-verde, para refogá-los um pouco com os outros ingredientes. Depois, ela despejou um litro de água filtrada na panela para um pré-cozimento da carne. Na sequência, mais cebola e cheiro-verde, um pouco de sal e pimenta, tomate e batata. Quando a batata já estava macia, dona Neide transferiu tudo para uma terrina de barro e juntou ovos cozidos, cortados ao meio, mais cebola e cheiro-verde.

Acompanhando a caldeirada, dona Neide serviu uma porção de arroz branco e pirão de farinha de mandioca. Esse pirão é também muito apreciado e realmente compõe a caldeirada, pois é feito com parte do caldo produzido durante o processo de cozimento do peixe, e acrescentado à farinha de mandioca da Amazônia.

Enquanto dona Neide servia a comida, Lou ficou cheia de curiosidade e perguntou:

– E aí, dona Neide? Qual é a daquela placa de "atenção" com o ataque de "piranha" aí? Como as piranhas estão vindo logo aqui?

Dona Neide olhou na direção do rio, ao longo da praia; depois voltou o olhar para a área da floresta, onde estava a entrada que dava acesso à praia, e disse com uma cara bem séria:

– Minha filha, as piranhas aqui chegam a pé, mas elas vão embora de *pick-up*.

Lou, bióloga como ela só, ficou olhando para dona Neide, tentando elucidar a trama daquela migração, quando de repente se deu conta da brincadeira e deu um grito:

– Ah! Dona Neide, a senhora é fogo!

Todos caíram na gargalhada, inclusive o seu Gil, que estava no bar. Após vários minutos de descontração, nos quais todos tiravam onda com a pobre da Lou, Lena voltou ao assunto das piranhas.

– Mas, falando sério, dona Neide... fale a verdade! Já teve caso de ataque de piranha aqui?

– Vejam bem... Nós estamos na natureza. O rio é a casa da piranha, mas elas não costumam atacar sem uma causa, mesmo que a gente daqui da terra não perceba – disse dona Neide.

– Como assim? – quis saber Lena.

– Olhem só ao redor. Aqueles banhistas que estão se alimentando na água. Eles lançam os restos de alimento na água. Vejam como as piabinhas se juntam em torno das mesas. Tem gente que lança resto de carnes, por exemplo. E, se tem um cardume por perto, é lógico que vão se aproximar. Isso, às vezes, causa algum problema com banhistas, infelizmente – declarou dona Neide.

– E não é só isso, Lena. Todo esse desequilíbrio que a natureza vem sofrendo: o desmatamento, a poluição, a pesca e caça predatória e descontrolada, tudo isso acaba afetando o equilíbrio da natureza. Toda vez que há um desequilíbrio, animal, vegetal, ou mesmo no relevo ou clima, a natureza como um todo sofre, e tudo enlouquece – acrescentou Lou.

– Então aquela placa é só um alerta?

Lena queria saber mais, pois aquilo a intrigava. Mas, quando dona Neide ia responder, ela foi chamada à cozinha, pois havia outros clientes esperando o almoço, e seu Gil parecia impaciente com aquela demora.

Lou se concentrou na caldeirada e no pirão. Ela era magra, bastante alta e, mesmo que comesse um boi inteiro, ainda assim não engordava um grama. Lena não ficava atrás, porém tinha que se exercitar muito para manter-se em forma. Isto se devia justamente às caminhadas e trilhas que sempre estava fazendo.

Após a refeição, as duas moças resolveram ir para a água. Elas ficaram em uma parte onde a água dava no meio das pernas de Lena, e assim era possível que elas ficassem sentadas na areia com a água batendo no meio do peito. Lou levou também um saco cheio de manguitas, que é uma espécie de manga pequena, com casca bem amarelinha, e polpa doce e suculenta. Ela é ótima para comer assim, *in natura*, ou seja, tirando a casca com os dentes e chupando a fruta. Lógico que isso só poderia ser feito dessa forma, em um rio onde ninguém perceberia a lambuzeira astronômica causada por essa maneira de comer.

Já passavam das dezessete horas, o sol estava forte; mas, em contraste com as frias águas do Cauamé, proporcionava uma sensação gostosa na pele. Lena e Lou decidiram que já bastava. Levantaram-se de onde estavam sentadas no rio e dirigiram-se para seus lugares, junto às espreguiçadeiras e ao guarda-sol.

De repente, uma nuvem escura pairou no céu. Ela surgiu do nada. Era tão escura, que dava a impressão de noite. O vento frio soprou forte e barulhento, como murmúrios queixosos.

Lena e Lou já estavam enxugando-se e guardando tudo nas bolsas. Tudo indicava que vinha um temporal. Foi quando ouviram o primeiro grito. Algumas pessoas ainda estavam na água. Uma confusão se instalou. Outro grito, e mais outro; várias pessoas gritavam e saíam correndo da água. Outras pessoas ficaram paralisadas, observando passivamente todo aquele pandemônio. Um grito mais forte e desesperado foi ouvido quando uma mulher saiu da água, caminhando na direção de Lena e Lou. Após o grito, a mulher começou a correr, e tanto Lena como Lou notaram que a mulher deixava um rastro de sangue.

Do outro lado da margem, apareceu uma pessoa, ou era o que Lena pensou ter visto. Era uma pessoa alta, e meio camuflada pela vegetação, mas dava para perceber que estava com algo nos ombros. Olhando bem, Lena viu que era como um casaco de pele de onça. Dava para ver, também, que o corpo do homem estava cheio de pinturas vermelhas e pretas, como uma tatuagem. Ele estava descalço e, além da pele de onça sobre os ombros, tinha somente uma espécie de saia feita de palha de buriti.

Lena forçou a vista para tentar enxergar melhor aquela figura assombrosa, para ter certeza de que não estava alucinando. O olhar do homem arrepiou até o último pelo da alma de Lena. Os olhos transmitiam raiva e davam medo. Lena poderia jurar que os olhos do homem emitiam um brilho vermelho bem intenso. Isso fez com que o medo de Lena aumentasse, pois sobre o rosto desse dito homem havia uma máscara, tal qual o crânio de um touro.

O ser sombrio estava recostado em uma palmeira de macaúba. Isso fez com que Lena sentisse como se seu corpo todo estivesse sendo apunhalado. As palmeiras de macaúba eram abundantes na mata ciliar, que acompanhava o rio Cauamé. Apesar de macaúba ser conhecida como o "Novo Ouro Brasileiro", por sua utilização na fabricação do biodiesel, e também por suas propriedades farmacológicas e nutricionais, seus troncos e folhas eram completamente recobertos por enormes espinhos. Nenhum ser humano e nenhum animal conhecido ousam encostar em uma macaúba, pois corre-se o risco de ser empalado múltiplas e múltiplas vezes. Todavia, aquele ser, que olhava Lena com olhos de fogo, praticamente abraçava a palmeira, como uma demonstração de poder, força e fúria.

Lena percebeu que seus lábios se movimentavam e tentou decifrar o que diziam. Foi então que o murmúrio selvagem, que o vento forte trazia, ficou mais forte, e Lena escutou o que pareceu uma voz gutural que dizia: VINGANÇA!

Lena puxou o braço de Lou e gritou:

– Olha ali, Lou... Quem é aquela figura? – Lou virou, e as duas encararam o ser, que virou o rosto na direção delas e olhou-as bem intensamente, com aqueles olhos de filme de terror. Neste instante, alguém gritou:

– *CANAIMÉ!*

E o caos tornou-se ainda pior.

O homem, dito *Canaimé*, deu as costas e sumiu na mata. Instantaneamente, a nuvem, que parecia estar prestes a despencar em forma de água sobre todos ali, sumiu; o sol das 17 horas reapareceu no céu, mas o cenário que ficou foi aterrador.

Sangue na água. Sangue na areia da praia. Sangue nas pessoas.

Quando Lena e Lou olharam para a água, viram as agressoras. Um cardume de piranhas. Elas não eram grandes. Essas eram pequenas, mas havia uma quantidade considerável. Elas nadavam em um bloco coeso; para onde uma ia, as outras a seguiam, era quase como se elas estivessem sendo teleguiadas por alguém ou algo.

Lena e Lou chegaram mais próximas da senhora, que deixou o rastro de sangue perto delas. Lou pegou o celular e ligou para o SAMU. Várias pessoas ali estavam com pequenas mordidas de mais ou menos um centímetro e meio de diâmetro. Mas aquela senhor estava sangrando muito e, pelo que Lena e Lou puderam perceber, ela tinha um ferimento no dedo do pé.

Lena correu até o bar-restaurante do seu Gil para pegar um pano e um gelo e pressionar aquele ferimento. Várias pessoas que não estavam machucadas prontificaram-se a socorrer os feridos enquanto o SAMU não chegava.

Enquanto Lena cuidava da mulher atacada, Lou perguntou a Gil se ele tinha uma tarrafa pequena, que é uma rede de pesca, só que em forma circular, cujas extremidades circulares possuem pesos. Esses pesos fazem com que a malha da rede da tarrafa afunde rapidamente quando chega à água.

Lou era mestre no lançamento de tarrafa, devido a sua prática profissional como bióloga da vida aquática. Essa prática requer uma precisão afinada, pois a tarrafa tem que envolver o cardume desejado. E foi o que Lou fez: pegou a tarrafa de seu Gil e correu em direção à água.

Ao chegar à margem ensanguentada do Cauamé, Lou olhou atentamente para o cardume de piranhas para detectar um possível padrão de direcionamento. Depois de dois minutos de muita atenção, Lou lançou a tarrafa e, quando esta atingiu a areia, ela puxou com firmeza a linha que ficava na extremidade da rede.

A tarrafa aprisionou uma parte do cardume de piranhas, que começou a se debater. O desespero dos peixes era tamanho que um frenesi de violência se instalou entre eles. Uma piranha começou a atacar a outra, e algumas mordiam violentamente a malha de *nylon* da tarrafa. Lou gritou pedindo ajuda, porque não conseguia puxar a tarrafa de volta para a areia, por causa da violência da agitação dos peixes. Em um dado momento, a malha se rompeu, e as piranhas sobreviventes escaparam. Pedaços dos corpos de piranhas mortas foi a única coisa que Lou conseguiu pescar.

Um grupo de curiosos aproximou-se de Lou, enquanto ela trazia a tarrafa para a areia. Seu Gil, que estava ali perto, aproximou-se também e disse:

– Pra mim, isso aí é piranha vermelha.

Lou chegou mais perto dos restos mortais das piranhas enganchadas na malha da tarrafa e balançou a cabeça. Em seguida, pegou um pedaço de galho e remexeu para cá e para lá os pedaços de peixes. Lou coçou a cabeça e falou:

– Eu vou ter que concordar com o senhor, seu Gil. É piranha vermelha, sim! Mas esse cardume não é composto por exemplares grandes. Elas são pequenas, e isso é uma baita sorte. Esses peixes fizeram um estrago hoje. Imaginem se fosse um cardume dos grandes. Essa confusão toda ia ser manchete mundial.

No instante em que Lou fechou a boca, Lena vinha chegando da prestação de socorro da senhora, que teve o dedo amputado.

– Que história é essa?! Piranha vermelha. Essa eu não conhecia. Lá, no lago do Paraíso, tem umas piranhas pequenas brancas, mas elas ficam na delas e não chegam perto de nós – disse Lena.

– É, sim, mas é porque o André cria peixes ali, e há alimento em abundância para elas. Não sei o que houve aqui, sinceramente.

Lou explicou ainda para Lena que a piranha vermelha é altamente agressiva, mesmo sendo pequena, como aquelas do ataque. – Elas são tão ferozes que o naturalista francês Auguste Saint-Hilaire as chamou de *Poisson-diable*, ou seja, peixe-diabo!

– Nossa Mãe! Você não acha que isso é um exagero, Lou? Nós moramos aqui a vida inteira e nunca vimos nada parecido. Deve haver uma explicação lógica para esse ataque – Lena comentou, ao abaixar-se para examinar melhor os pedaços de piranha vermelha da tarrafa.

– Acredito que há, sim. Mas a Defesa Civil chegou junto com a ambulância e está monitorando a situação. Tenho certeza de que os técnicos irão avaliar tudo o que está ocorrendo e descobrirão as causas – acrescentou Lou.

– Eu também acredito nisso. Nós sabemos que a natureza é alterada todos os dias pelo comportamento humano, e tudo fica desequilibrado – Lena disse.

– Realmente, Lena. Inclusive, pesca predatória e clandestina, nos períodos da piracema. Isto pode, definitivamente, diminuir a quantidade de peixes e afetar o ecossistema dos rios. A piranha vermelha, ou a caju, como é mais conhecida, é um pouco mais agressiva mesmo; mas, se tiram dela o seu alimento natural, ela vai atrás de uma nova dieta.

– Concordo, Lou. Mas, mudando um pouco de assunto... você viu aquela figura lá do outro lado da margem? Jurava que era um cara que acabou de sair de uma competição de *cosplay*. Menina, que medo. E aquele olhar dele! Podia jurar que ele estava com lentes de contato vermelhas.

– Os homens que estavam ali adiante olharam pra ele, gritaram "Canaimé" e saíram correndo. Você ouviu, Lena?

– Ouvi, sim. Sinistro! Vou ter que lembrar de perguntar ao Tino quem é este tal de Canaimé – falou Lena.

– Vamos ajudar o SAMU a transportar essas pessoas ao pronto-socorro, Lena. Ainda bem que nada aconteceu conosco – disse Lou.

CAPÍTULO VI

Cissa estava mais uma vez visitando o pronto-socorro à procura de André. O primo de Cissa havia partido há tempos para guiar um grupo de homens em um turismo pelos rios que desembocam no Amazonas, até a sua foz no arquipélago de Marajó. Porém, depois de tanto tempo sumido e, principalmente, sem notícias, todos da família estavam angustiados e buscavam notícias do primo em todos os lugares. Nem Tino, o melhor amigo de André, sabia de seu paradeiro.

De acordo com Tino, a última vez que ele viu André foi em Novo Airão, um município do Amazonas, banhado pelo rio Negro. Lá, eles se despediram, e André mencionou que seguiria para a ilha do Marajó. Desde então, ninguém mais teve notícias de

André. Kel, irmão de Cissa, ficava de olho nas notícias da polícia. Lena era muito próxima de Lou, bióloga como André, que buscava informações na ONG onde trabalhavam juntos. Os pais de André, que já eram idosos, estavam angustiadíssimos pela falta de notícias.

Mesmo não querendo esperar o pior, Cissa ia de tempos em tempos ao pronto-socorro de Boa Vista para verificar se André não dava entrada por lá. Só algo muito grave faria o primo de Cissa desaparecer sem dar notícias, principalmente a seus pais. Com um desassossego no coração, Cissa adentrou ao Grande Trauma, uma seção do pronto-socorro Francisco Elesbão, de Boa Vista, destinada aos casos mais graves que dão entrada na unidade de emergência. Lá são atendidos os casos de acidentes de trânsito, "acidentes" com armas, problemas cardíacos, metabólicos, distúrbios psiquiátricos graves. Cissa não trabalhava como médica lá. Ela especializou-se em obstetrícia, e realizava seus atendimentos na maternidade do estado. Mas, vez ou outra, ela fazia atendimento de gestantes internadas no pronto-socorro por motivos não obstétricos, como fraturas, por exemplo. Era nessas oportunidades que Cissa pesquisava o paradeiro de André.

Ao olhar ao redor, Cissa encontrou a enfermeira Lara, sua conhecida. Lara tirava plantão na maternidade vez ou outra, quando a equipe de obstetrícia solicitava. Quando Cissa olhou para Lara, assustou-se. A enfermeira, que era parda, estava branca como papel.

Cissa segurou a mão gelada da mulher. Não se conteve, e perguntou:

– Lara querida, você está bem?

– Realmente, não – respondeu a enfermeira, encarando Cissa.

– Diga-me! O que ocorreu? – perguntou Cissa.

– O índio que chegou esta tarde aqui, ele não deveria estar vivo – disse a enfermeira, olhando horrorizada para Cissa.

– Eu não estou entendendo, mulher. Vamos sentar ali no corredor, e você me fala – sugeriu Cissa, puxando a trêmula enfermeira pelo corredor e sentando em uma longarina mais afastada do tumulto do Grande Trauma.

Cissa deixou a enfermeira sentada e foi pegar água. Ao retornar, sentou ao lado de Lara e disse com calma:

– Agora me conte o que está acontecendo.

Lara tomou um gole grande de água, respirou fundo e disse:

– Ah, doutora! Você sabe que eu trabalhei um tempo na área indígena do distrito yanomami. Então, eu aprendi a falar a língua deles. Hoje à tarde, logo no início do plantão, eu estava na sala de injeção. Lá, estava agitado como sempre, afinal esse é o único pronto-socorro da cidade. Daí, uma certa hora, começou um barulho no Grande Trauma. Não demorou muito, vieram aqui me chamar para dizer que eu teria que ir ao Grande Trauma com urgência. E eu fui, né?! – disse Lara, com a voz trêmula.

– Mas por quê? – quis saber Cissa.

– Foi isso, doutora. Quando cheguei lá, eles falaram que tinha lá um índio yanomami. Ele tinha sido atacado pela onça pintada lá na Missão Catrimani. Como eu sei falar o idioma deles, pediram para eu traduzir o que ele queria dizer. A irmã dele não podia entrar no Grande Trauma, e o índio estava angustiado, querendo se comunicar, e não conseguia. Mas, quando eu cheguei perto do índio, não pude acreditar – disse a enfermeira, cada vez mais pálida.

– No quê, mulher? – perguntou Cissa.

– O estado dele! O índio, doutora, ele quase não tinha calota craniana. Parte do couro cabeludo dele, o que restava dele, estava rebolado por cima do cérebro. Dava pra ver o cérebro dele todo mastigado, doutora! – Lara disse, já com os olhos marejados.

– Como assim, Lara?! E ele estava consciente? – perguntou Cissa, estupefata.

– Sim!!! Doutora, ele estava todo lacerado; tinha marcas de garras por toda pele. Porém o que mais chamava atenção era aquela cabeça. Os olhos vitrificados, como se ele estivesse em choque. O cérebro dele lá, como se olhasse para mim também – relatou Lara.

– E ele falou com você? – quis saber Cissa.

– Sim. Eu disse a ele que ele precisava ficar calmo e que nós íamos cuidar dele. Mas, quando ele percebeu que eu sabia falar a língua dele, ele surtou comigo – disse a enfermeira.

Nesse momento, o celular começou a apitar notificações do aplicativo de mensagem. Cissa olhou o dispositivo e verificou que eram Lena e Kel, seus irmãos. Ambos queriam saber onde ela estava. Lena avisava que estava na Praia da Polar, e que houve um ataque de piranhas. Ela estava lá no momento do ataque, e ajudou a socorrer uns banhistas atacados. Então, Lena e Lou estavam dirigindo-se ao pronto atendimento, ajudando o SAMU a levar as vítimas com ferimentos leves para serem cuidadas. Kel, por sua vez, dizia que estava conduzindo um menino, lá do Jundiá, que parece ter tido um surto psicótico e estava sendo levado ao pronto-socorro para ser atendido pela psiquiatra de plantão. Por coincidência, Cissa estava no pronto-socorro e avisou seus irmãos que estava esperando por eles.

Cissa pegou Lara pela mão e falou para irem esperar Kel e Lena no acolhimento. Assim que seus irmãos chegaram, Cissa os levou até um lanche próximo para conversarem.

Enquanto esperavam o pedido, Kel disse:

– Cara, eu estou pasmo! Eu trouxe um menino surtado, lá do Jundiá. O garoto falou pra mim que o *Canaimé* tinha dito a ele pra dar um recado.

– Que recado foi esse? E para quê? – quis saber Lou, que já estava abocanhando seu sanduíche.

– Não sei para quem. Mas ele falou para mim, antes de perder a consciência – disse Kel.

– E, afinal, qual foi? – perguntou Lena, impaciente.

– Ele disse que o Boto-rei tem que voltar e, então, desmaiou. Coisa de louco, só pode – Falou Kel.

— Boto-rei!? – perguntou Cissa, bem surpresa. – Gente, essa coisa de Boto-rei me lembra das coisas da Inia. E falar em Inia me faz lembrar o André, que é o motivo de eu estar aqui – confessou Cissa.
— E não para por aí.
— Ainda tem mais?
— Sim. Quando cheguei ao pronto-socorro, o *curumim* estava desacordado. O pai estava junto, mas ela quis saber as condições em que nós, da Civil, o tínhamos encontrado. Eu, é óbvio, falei das últimas palavras do menino, e ela ficou surpresa – naquele momento, todas estavam de olhos focados em Kel e seu relato, como se pedissem para ele continuar contando o ocorrido. – Então, eu perguntei à doutora Nara por que ela estava com aquele ar de surpresa, porque sabem, né? A mulher é psiquiatra, já deve ter visto mil e uma dessas coisas de surto – nesse instante, Lara, que estava quietinha, só escutando, começou a ficar lívida novamente e arregalou os olhos.
— Fala logo, Kel! Que enrolação! – disse Lena, já com os últimos mililitros de paciência no sangue.
— Que impaciência, menina. Tu estás atrapalhando a dramatização da minha história – disse Kel, já achando graça da cara das meninas. E continuou:
— Sabem o que ela disse? Que um indígena, lá das bandas do Bonfim, se perdeu na mata, passou dias vagando e, quando seus familiares o encontraram, ele estava nas pedras às margens do rio *Tacutu*. Ele olhava pra água como que encantado. Dizia que tinha que

entrar no rio pra encontrar com a Iara, seu amor. Louco, né? Só que, quando os familiares deles o trouxeram para a doutora Nara, eles falaram que o rapaz estava pescando com uns parentes, quando a Iara apareceu; e que uma voz medonha vinda da floresta falou que essa era a vingança do *Canaimé,* e que só iria acabar quando o Boto-rei voltasse – falou Kel.

– Nossa! Muito louco mesmo. Quer dizer... dois casos totalmente distantes, tipo norte-sul mesmo. O Bonfim fica no nordeste de Roraima; o Jundiá, no sul. E os dois numa histeria coletiva, surtando com o *Canaimé*. É de impressionar mesmo – disse Cissa.

– Não foram só esses dois casos – falou Lou.

– É verdade – disse Lena.

– Como assim? – quis saber Cissa.

Dessa vez, todos olharam para Lou, que falou encolhida:

– Vocês sabem que eu não me impressiono facilmente. Mas muita coisa estranha tem acontecido desde que nós fomos ao Monte Roraima, né? Eu, como faço pesquisa de campo e sempre estou em contato com os povos indígenas e os silvicultores, escuto muita coisa por aí. Mas nunca vi tanta coisa estranha como nesses últimos tempos. O mais impressionante de tudo foi hoje. Eu juro que vi o *Canaimé*, durante o ataque das piranhas. Gente, o céu escureceu! a lua, que está cheia, parecia ensanguentada, igual às águas do rio Cauamé, depois do ataque. Eu vi uma figura igual à descrição do *Canaimé* dada pelos indígenas. E os olhos vermelhos dele foram o que mais me chamou atenção – confessou Lou.

– É verdade. Eu estava lá e vi também – ratificou Lena. E continuou:

– Se for histeria coletiva, acho que nós duas, bem aqui em Boa Vista, fizemos parte dela – admitiu Lena.

Lara, que estava quietinha até aquele momento, falou:

– Esse *Canaimé*...

– O que tem o Canaimé, Lara? – quis saber Cissa.

– Esse Canaimé está mesmo em todo lugar. Eu pensei que fosse só lenda indígena. Mas, pelo que vocês contaram, tem algo muito além de lenda acontecendo por aí. – Afirmou Lara.

– Por que você diz isso? – perguntou Kel.

– Eu estava contando para Cissa que fui chamada para falar com um yanomami que foi atacado por uma onça. E esse yanomami, ele me disse que estava caçando macaco, quando foi atacado pelas costas por uma onça, que agarrou a cabeça dele. Ele disse que sentiu os dentes quebrando o osso da cabeça dele, e arrancando a parte de cima. Ele achava que ia morrer. Quando a onça parou o ataque, o índio tentou enxergar a onça por meio de todo o sangue que escorria em seu rosto; o índio viu que ela se transformava em um homem. Esse homem tinha o corpo recoberto por pinturas vermelhas, uma veste de palha de buriti; nos ombros, a pele de uma onça, aquela mesma onça; e, por fim, a cabeça era recoberta por um crânio de boi com chifres. Ele disse que o que mais chamou atenção foram os olhos vermelhos e a voz, que parecia mais um estrondo – finalizou Lara.

– E o que mais? – quis saber Lena.

– Nada mais. Ele disse que precisava que soubessem que a onça estava encantada, e que quem realmente atacou foi esse homem. Depois disso, ele desmaiou – explicou Lara.

– Nossa! E o índio morreu? – perguntou Lou.

– Por incrível que pareça, ele não morreu. Mas está inconsciente e em estado grave, na UTI. As irmãs da congregação da Consolata, que trouxeram o yanomami, estão esperançosas, apesar da situação do índio. Elas são devotas do Beato Padre José Allamano, fundador da congregação. Ele está em processo de canonização pelo Vaticano, justamente porque no passado houve outro ataque de onça, parecido com esse, inclusive – comentou Lara.

– Mas como assim? – indagou Cissa.

– Naquela ocasião, a Irmã Felicita pediu intercessão do Beato para curar o índio Sorino, que tinha sido atacado por uma onça, naquela mesma região, na missão Catrimani. Segundo as irmãs, foi um milagre do Beato José Allamano, e o índio Sorino vive até hoje, sem nenhuma sequela. As irmãs disseram que estavam rezando para um segundo milagre, porque... gente! só um milagre mesmo pode salvar esse homem que está na UTI – concluiu Lara

– Misericórdia! – exclamou Lou.

– Misericórdia mesmo. Além desse tal de Canaimé, esse ataque de onça é mais um na minha lista de histórias. Hoje mesmo eu e os companheiros lá do Jundiá estávamos falando sobre os casos de ataque de onça nos últimos tempos. Tá demais da conta – acrescentou Kel.

– Eu acho que isso tudo é muito estranho. Já havia comentado hoje cedo com a Lou sobre procurar o Tino, e perguntar sobre todos esses fatos estranhos que presenciamos. Mas agora tenho certeza de que temos que falar com ele. André continua sumido e, se alguém pode saber dele, é o Tino – asseverou Lena.

– É isso mesmo! E nós podemos dar uma prensa no Tino. Com todos juntos, ele não vai ter como arregar – adicionou Cissa.

– Eu vou mandar uma mensagem pela internet lá pro Paraíso. Tia Clara e Tio Chico vão localizar o Tino e pedir para ele vir aqui conosco – declarou Lena.

– Vocês estão esquecendo de alguém – disse Lou.

– Quem? – quis saber, Kel.

– Inia! – falaram em uníssono Cissa, Lena e Lou.

– Ah, ela! – lembrou Kel.

– Sim. Inia estava muito próxima de André, e isso *se* ele foi atrás dela, afinal ele é independente; mas ele parecia interessado nela como nunca pareceu antes – mencionou Cissa.

– Eu até pensei que eles estavam namorando – disse Lou.

– Eles tiveram algo, mas tudo ficou muito confuso antes de ela ir e André viajar. Mas eu acredito que algo muito forte ocorreu entre aqueles dois. Vale a pena conferir – informou Lena.

– Então, é isso que vamos fazer. Dividir para conquistar. Cissa e Kel, vocês tragam Tino a Boa Vista. Eu e Lou vamos entrar em contato com Inia. A gente se encontra na casa da Cissa amanhã à noite, pra ver em que pé as coisas estão – acrescentou Lena, enquanto levantavam-se todos para ir embora.

– Bom. Eu vou voltar para o pronto-socorro e saber como vai o yanomami, e tentar entender melhor o que é esse tal de Canaimé. Depois conto tudo para a doutora Cissa – falou Lara.

– Então, até logo pra vocês. Espero que nos reencontremos com mais informações do que as que temos hoje – concluiu Lena.

E todos partiram para tentar resolver esse grande mistério.

CAPÍTULO VI

Na noite seguinte, Lena deveria ligar para Inia. Mas resolveu fazer isso na casa de Cissa, para que pudessem estar juntas ao saber das novidades. Enquanto se dirigia à casa de sua irmã, Lena se lembrou das informações que tinha sobre o *Canaimé*. Aquela visão do índio assustador no meio da confusão do ataque das piranhas tinha realmente atiçado a curiosidade de Lena. Um questionamento que Lena se fazia era se isso tudo era real, ou se era apenas uma histeria coletiva causada pela influência da cultura indígena, tão presente na região. Se ao menos Kel conseguisse encontrar Tino, ele poderia esclarecer essas coisas.

Naquele dia pela manhã, Cissa ligou para Lena, com notícias da enfermeira Lara. Ela continuava mantendo contato com as irmãs da Consolata, que estavam de vigília, em oração, pelo *yanomami* atacado pela onça pintada. As irmãs disseram à a enfermeira que na Diocese de Roraima havia um periódico religioso das missões e obras beneditinas no vale do rio Branco. Nesse periódico de 1909 a 1914, os missionários relataram a crença indígena em uma entidade que castigava quem não agisse de acordo com os costumes da "mata".

Logo que Lena soube de Cissa a respeito do periódico, ela se dirigiu à Prelazia. O prédio, localizado às margens do rio Branco, foi construído em 1907, pelos monges da Ordem de São Bento, no estilo neoclássico. O neoclassicismo foi um período em que as artes, de uma maneira geral, inclusive a arquitetura, opunham-se ao estilo exageradamente ornamental do barroco e do rococó. Isto significa que a Prelazia de Roraima tem uma uniformidade geométrica no padrão de sua arquitetura. Por ser tão característico de um período histórico da arquitetura mundial, brasileira e de Roraima, o prédio da Prelazia foi tombado como patrimônio histórico e cultural. Lena pôde perceber isso logo pela fachada da edificação, pois era um bloco uniformemente retangular, pintado com listras horizontais amarelas e cinzas.

Bem no centro do prédio havia uma grande porta de madeira de lei, formas entalhadas, semelhantes à estrutura de vitrais, e bandeiras em semicírculo com vidros sobre a verga. Para chegar a essa porta central, havia uma escada com seis degraus. Em cada lado da escada, logo no primeiro degrau, uma coluna se erguia e sustentava um vaso em forma de taça contendo uma mini palmeira real. A escada era margeada por corrimões sustentados por balaústres, em forma de pequenas colunas. No topo havia duas grandes colunas, e ao centro delas uma grande porta. Esta se prolongava em um frontão, em forma de semiarco. No centro dessa abóboda, uma estrutura retangular sobressaía como uma lança. Bem ao centro dessa estrutura retangular, havia uma imagem de Maria em alto relevo, como um camafeu incrustado no frontão. Toda a parte da fachada referente ao marco e ao frontão possuía formas geométricas discretas e dispostas sobriamente, algo bem característico da arquitetura neoclássica.

Acompanhando essa tendência geométrica, a cada lado da porta havia quatorze janelas retangulares, exatamente iguais e metricamente alinhadas. Bem ao meio das janelas havia uma escada de seis degraus com corrimão, sustentado por balaústres de concreto, que levavam a uma enorme porta entalhada com formas geométricas semelhantes à armação de vitrais, de madeira de lei. Acima da verga, a bandeira era em semiarco de madeira e vidro, semelhante a um leque.

Em cada lateral da edificação também há escadas exatamente iguais à escada central, mas que levam a varandas cobertas. Na escada à direita de quem está de frente para o prédio fica o estacionamento, onde Lena parou seu carro. Subiu as escadas, após admirar toda aquela estrutura com mais de um século de existência, e dirigiu-se para a primeira porta, que ficava por trás de uma grade de ferro, provavelmente para manter a segurança em um século XXI tão mais violento do que quando o edifício fora construído. No chão havia um tapete com os dizeres "BEM-VINDO". A porta pesada de madeira era maciça e combinava perfeitamente com o conjunto arquitetônico da Prelazia. Nela, havia uma placa verde com letras brancas, escrito "ENTRE". E foi isso que Lena fez. Então, deparou-se com uma longarina de estofado preto do lado esquerdo, e ao lado direito havia um balcão de madeira. Atrás do balcão havia duas mulheres conversando em uma área de secretaria. Lena limpou a garganta e falou:

– Olá. Tudo bem?

– Olá! Em que posso ajudar você? Meu nome é Rose Slash – disse uma moça branca de cabelos bem curtos, vestindo uma saia-lápis preta, que ia até abaixo do joelho, uma blusa branca com babados no busto e um sapato *scarpin* preto, combinando com a saia.

– Ah, legal! Eu sou Lena. Muito prazer. Eu vim aqui encaminhada por uma freira que se encontra lá no pronto-socorro. Ela está em oração pela saúde de um indígena que foi atacado pela onça. Através dela, eu fiquei sabendo que vocês têm aqui alguns periódicos dos padres beneditinos, que datam do começo do século XX – falou Lena.

– É verdade. Temos esse periódico na biblioteca. Mas você sabe exatamente o que quer? Pois esse periódico tem muitos números – disse Rose.

– Não sei exatamente; mas se eu puder verificar, posso tentar descobrir se eles me servem – explicou Lena.

– A senhora pode me acompanhar, então – sugeriu Rose.

Assim, Lena seguiu Rose por uma porta de madeira pintada com tinta cor de palha em um corredor. Ao lado da porta, havia uma prateleira contendo alguns livros, e um pouco acima dessa prateleira estava pendurada uma pintura a óleo da igreja de Nossa Senhora do Carmo, a Matriz de Boa Vista, que fica na orla, bem próxima ao rio Branco. A tela, assinada pela artista Perpe Brasil, estava adornada com uma imponente moldura dourada.

Ao passarem pela porta, Rose conduziu Lena por um corredor de paredes bege. A parte inferior da parede era recoberta com papel de parede em tons pastel, com listras verticais, simulando pequenas colunas. Já a porção superior era ornada com quadros de Maria, mãe de Jesus. Pelo pequeno corredor de tacos de madeira encerada, Lena seguiu Rose. Elas passaram por um vão de portas duplas de madeira. Logo depois havia um longo corredor à esquerda. Lena observou, na parede direita desse corredor, bem próximo de onde estava com Rose, uma escultura de Nossa Senhora da Imaculada Conceição. Como Rose seguiu em frente, Lena não pôde ver com muita precisão, mas conseguiu vislumbrar várias esculturas de Maria dispostas pelo caminho e quadros pendurados à parede. Alongando um pouco a vista, Lena pôde enxergar uma foto do Papa Bento XVI. Ainda seguindo Rose, ela passou por mais um par de portas à esquerda e atravessou um portal de madeira. Ao final do corredor, havia uma porta dupla de madeira pintada de bege, tal como as outras: a biblioteca da Prelazia. Adentrando a biblioteca, Lena viu uma série de prateleiras com livros e caixas de arquivo-morto. Ao lado esquerdo havia uma grande mesa de madeira de cedro com quatro cadeiras.

– Nós temos aqui uma cópia digital do periódico e uma cópia impressa. O periódico original você somente encontrará nos arquivos do Mosteiro de São Bento, no Rio de Janeiro, ou na Abadia de Saint André, na Bélgica. Essas cópias foram deixadas aqui por uma pesquisadora – informou Rose.

– Você sabe qual parte trata de mitos indígenas? – quis saber Lena.

– Ah! Aí você me pegou, porque eles estão todos em francês. Eu sou fluente em espanhol e em inglês, mas francês não é minha praia – explicou Rose.

– Poxa! – exclamou Lena, mas imediatamente abriu um sorriso e disse:

– Rose, será que eu poderia ter uma cópia digital desses arquivos? Tenho uma amiga muito próxima,

Lou Pibrac, que fala muito bem francês e pode me ajudar a traduzir. Eu tenho um HD externo aqui – pediu, Lena.

– Posso, sim. Você só tem que esperar um minuto e preencher um formulário, para nosso controle – disse Rose, entregando o formulário a Lena. E disse ainda:

– Enquanto você preenche, eu vou ali fazer a cópia.

– Ok! Muito obrigada – respondeu Lena.

Lena sentou-se na cadeira à sua frente e começou a preencher o formulário padrão, que pedia seus dados pessoais e o motivo da pesquisa. Não demorou muito e Rose chegou com o HD externo, que devolveu a Lena.

– Está aqui – disse Rose, entregando o HD para Lena e recebendo de volta o formulário preenchido.

– Obrigada! Isso foi de muita ajuda mesmo – falou Lena.

–Espero ter ajudado em sua pesquisa. Deixe-me saber depois se deu tudo certo, ok? – comentou Rose, despedindo-se de Lena.

Lena saiu da Prelazia, entrou no carro e dirigiu até a casa de Cissa. Essa noite, elas teriam muito trabalho (ou melhor, Lou) traduzindo aquelas centenas de páginas de periódicos.

Enquanto isso, Lou chegava ao Instituto de Preservação da Vida Aquática de Roraima – IPRESVA-RR, e foi logo saber se alguém tinha notícias de André. Embora André fosse um biólogo pesquisador de campo, era frequente que ele se dirigisse à capital, fosse para reportar os dados de sua pesquisa ao IPRESVA-RR ou para participar de alguma conferência ou algum curso sobre manejo de piscicultura, juntamente com os zootecnólogos associados ao instituto. Mas ninguém sabia sobre André. Um pesquisador do Instituto Nacional de Pesquisa da Amazônia (INPA) disse a Lou que a última vez que viu André foi em Manaus. André havia levado um grupo de turistas a Novo Airão, e queria saber como estava a população de botos de Marajó, no estado do Pará.

– Mas como? Ele não disse mais nada? Não falou para onde iria? – perguntou Lou ao pesquisador do INPA.

– Não, para todas as três perguntas, Lou. Aliás, ele aparentou estar um pouco ansioso. Eu nunca tinha visto isso no André. Até me surpreendi ao vê-lo ali, porque sempre o convido a ir a Manaus para participar de eventos científicos sobre os mamíferos aquáticos, em especial os botos de Roraima, e ele sempre recusa, dizendo que não consegue ficar longe do Uraricoera dele. Mas quando perguntei o que de tão especial fez com que ele saísse da bacia do rio Branco, ele respondeu que tinha que levar um grupo de rapazes até Novo Airão. Enfim, o André, que é todo de boa, relaxado e sorridente, estava com rugas na testa, com um ar pensativo e com uma ansiedade estampada na voz, quando veio a mim e quis saber sobre os botos do Marajó – explanou o pesquisador do INPA.

– Ele é mesmo ligado nessa região. Isso é muito estranho mesmo. Obrigada pelas informações

– despediu-se Lou, dirigindo-se à sala que dividia com André quando este estava na cidade.

Lou começou a olhar os documentos sobre sua mesa. Ela estava toda espalhada, para não dizer um pouco desorganizada. Alongando o olhar até a mesa de André, viu a diferença. Ele estava todo organizadinho. Todos os documentos enumerados, classificados, etiquetados. Dava vontade de pegar tudo e embaralhar toda aquela organização para que ficasse combinando com sua própria mesa. A sorte de André é que ele tinha algo que encantava qualquer mulher. Essa aura, que atraía as mulheres de uma forma ou de outra, já havia causado muitos inconvenientes a André. As mulheres o perseguiam. Nas festas e luaus, André sempre tinha que bater em retirada mais cedo, pois o harém de "andrezetes" não o deixava em paz.

Havia uns boatos de que André era um boto, ou seja, um ser encantado, que às noites de lua cheia virava homem e seduzia as mulheres. Essas lendas sobre o boto eram muito comuns em toda a Amazônia. Embora Lou reconhecesse que muita coisa em André era misteriosa, ela não acreditava em lendas, apesar de respeitar a crença alheia, pois justamente trabalhava com os botos da bacia do rio Branco, em Roraima. Para os povos originários da região, essas lendas eram muito mais do que contos da Carochinha: elas eram a verdade do povo.

Lou começou a separar alguns *flyers* de simpósios e jornadas sobre botos dos quais ela gostaria de participar. Foi André que apresentou Lou para o mundo fantástico dos mamíferos fluviais durante a faculdade. Em Roraima, assim como na Amazônia, existem três ordens de mamíferos aquáticos: Sirenia, Cetácea e Carnívora. A Carnívora é composta pela ariranha e pela lontra. As duas espécies (ariranha/*Pteronura brasilienses* e lontra/*Lontra longicaudis*) podem ser encontradas nas águas de Roraima. A diferença básica entre as duas é o tamanho, pois as ariranhas são bem maiores que as lontras e vivem em grupos com vinte indivíduos em média. Além disso, as lontras têm hábitos noturnos. O interesse que o IPRESVA-RR tem na ariranha também é pelo fato de elas estarem em perigo de extinção. Por isso, quanto mais houver estudos e projetos de preservação desses animais, melhor para a preservação da espécie.

Já o peixe-boi-amazônico, que é conhecido cientificamente como *Trichechus inunguis*, da ordem Sirenia, é estudado para que sua preservação seja possível. No Parque Nacional do Viruá, na boca do rio *Iruá*, num remanso criado pelas areias do rio *Anauá*, foram avistados peixes-boi-amazônicos por pesquisadores da Universidade Federal de Roraima, que tentam encontrar possíveis hábitats seguros da ação predatória do homem para esses mamíferos aquáticos.

Ariranhas, lontras e peixes-boi sofrem muitas perseguições ou pela sua pele, couro ou pela utilização de sua carne. Esses mamíferos são perseguidos até mesmo pela competição que fazem aos pescadores pelas áreas de pesca nos rios. Todos os esforços para preservar as poucas espécies aquáticas de mamíferos de Roraima são necessários, por isso o IPRESVA-RR se preocupa, por meio de seus pesquisadores, em colaborar com essa missão.

Entretanto, a paixão de Lou eram os botos; e a culpa era de André, que apresentou esses mamíferos da ordem Cetácea para Lou. Em Roraima, as duas espécies são o boto *tucuxi*, cientificamente nomeado como *Sotalia fluviatilis,* que é um boto menor e cinza. A outra espécie de boto era a paixão de André, o boto-cor-de-rosa. Aliás, esse nome "boto-cor-de-rosa" foi dado pelo naturalista francês Jacque Cousteau, mas o povo amazônico o chama mesmo de boto vermelho. O nome científico do boto-cor-de-rosa é *Inia geoffrensis*. O mais curioso para Lou foi conhecer uma americana da última vez que subiu o Monte Roraima com a família de André, que se chamava Inia. Como poderia logo uma estrangeira ter o nome do animal preferido no mundo inteiro de André? Dava pra ver na cara dele o interesse que aquela moça produziu nele. Poucos dos que integravam o grupo tinham esse conhecimento específico da relação do nome da menina com o nome científico da espécie. Todavia, Helo, Tom e Lou sabiam disso. Lou principalmente, que estava iniciando suas pesquisas nessa área dos mamíferos aquáticos, percebeu como isso afetou André.

O boto tucuxi e o cor-de-rosa são espécies que convivem com o roraimense. A capital de Boa Vista foi construída de forma organizada e em forma de leque, cuja base é o próprio rio Branco. Na Orla Taumanan, que é uma estrutura suspensa construída sobre a margem direita do rio Branco, no centro histórico da cidade, encontram-se restaurantes, bares e galerias. Basta olhar para as águas caudalosas desse enorme rio e esperar uns instantes, que logo pode-se observar os botos subindo à superfície para respirar. Os praticantes de esportes aquáticos como caiaque, *kitesurf*, *stand up paddle-sup*, que saem do bar Babazinho, local famoso em Boa Vista por apoiar essa prática esportiva, relatam com frequência a companhia desses mamíferos, que são parentes do golfinho.

Lou queria ser botânica. Ela amava as plantas, em especial, as flores. Sua última subida ao Monte Roraima tinha sido justamente para publicar um atlas sobre as espécies de orquídeas que ocorriam lá. Inia ajudou muito, pois seus desenhos das flores conferiram ao trabalho de Lou uma artisticidade que somente com fotos Lou não conseguiria alcançar. Essa parceria fez com que Lou se aproximasse muito de Inia. Lou e Inia, no início, não se tornaram muito próximas; contudo, ao longo da subida, houve uma aproximação, que só foi aumentando, mesmo após a partida de Inia. E, até aquele momento, Lou falava com Inia ao menos uma vez por semana.

Essa proximidade permitiu que Lou assistisse de camarote ao sofrimento de Inia com o sumiço de André. Inia partiu para sua cidade inconsolável; depois, pelas conversas telefônicas, pela incerteza na sua voz, tudo isso fazia com que Lou acreditasse que o sofrimento da menina persistia. Afinal, onde estava aquele André? Ele nunca sumiu assim. Sempre que ele tinha que ir a campo fazer suas observações sozinho, ou até mesmo com Tino, ele sempre tinha data certa para voltar, e nunca falhava. Era um reloginho. Todo o período de lua cheia, era certo e certeiro que ele estava fora; e, quando a lua mudava, ele voltava. De acordo com André, na lua cheia ele podia observar melhor a vida aquática durante a noite. Mas e agora? Por onde ele andava? Todos já estavam muito preocupados e temerosos.

Enquanto Lou se perdia em seus pensamentos e numa estratégia de organizar sua mesa, tudo ao mesmo tempo, uma batida soou da porta. Ela levantou a vista e não acreditou no que viu.

– Tinooo! Que saudades! – dizendo isto, Lou correu e se lançou nos braços de Tino, que só não caiu para trás porque era da altura de Lou e bem forte.

Tino já estava com mais de 30 anos e parecia um rapaz de 20. Ele era mais alto que seus parentes *penons* e bem mais forte do que a maior parte dos amigos de Lou. Não forte em peso, mas em músculo.

Parecia que não havia nenhum pingo de gordura no corpo de Tino, só músculos bem definidos. Para Lou, ele lembrava um *tuxaua* dos livros de José de Alencar, bem ao estilo Peri. Várias vezes Lou se pegou fantasiando ser uma Ceci e Tino ser Peri. Mas, como ele era muito próximo de André, ela preferiu não alimentar esses sonhos românticos à la *O Guarani*. Só que, vendo Tino bem ali na sua frente, não resistiu e pulou em cima dele, afinal a saudade era grande. Ela não o vira desde a festa de aniversário de André, no Paraíso.

– Eita, menina grande! Você é pesada – brincou Tino.

– Eu não sou nada pesada. Muito pelo contrário – disse Lou, fingindo-se ofendida.

– Verdade, você é na medida certa... pra mim! – Tino falou com um sorriso matreiro.

– Engraçadinho. Por onde você andou, hein?! Nunca mais te vi – quis saber Lou, queixosamente.

– Resolvendo umas coisas aqui e ali. Você sabe que não sou desocupado, menina – falou Tino, piscando para Lou.

– Sei... Mas me conta. Você sabe do paradeiro daquele seu amigo tratante? – perguntou Lou.

O sorriso de Tino esvaneceu ao ouvir a pergunta de Lou, e respondeu com um tom sério e baixo:

– Não sei.

– Todos estão preocupados. Inclusive eu – declarou Lou, com um tom triste na voz.

– Eu estou sabendo. Kel e Willy foram me pegar no Amajari. Mais tarde eles querem que eu vá à casa da Cissa para conversarmos. Então, eu tive que vir aqui ao instituto resolver umas pendências e resolvi passar pra te dar uma olá – declarou Tino.

– Ainda bem que você fez isso. Eu não iria te perdoar se não viesse me procurar. Eu também vou até a casa da Cissa hoje. Nós estamos em uma investigação de mistério, e você vai nos ajudar – disse Lou.

– Hum! O que vocês estão aprontando, hein? Olha, eu tenho que passar na feira do produtor para comprar umas coisas, e depois vou pra lá. Você quer vir comigo? – perguntou Tino.

– É óbvio que eu vou. Se você não me perguntasse, eu me ofereceria! Agora que você desentocou de onde você estava, eu não te largo mais – disse Lou, pegando a bolsa e abandonando a mesa quase tão desorganizada como quando chegou.

Algumas horas mais tarde, na casa de Cissa, chegam Kel e Willy. Cissa havia acabado de chegar do trabalho, tomado um banho e estava na cozinha preparando umas tapioquinhas com queijo coalho e tucumã para a reunião daquela noite.

A tapioquinha é extraída da mandioca, uma comida típica de toda a região amazônica, mas ganhou popularidade no Brasil inteiro. Ela também é conhecida como goma, e era a especialidade de Cissa. Suas tapioquinhas eram leves e deliciosas. Cissa pegava a goma, que comprava na Feira do Produtor, hidratava e peneirava. Depois, ela a temperava com sal – no caso dela, que preza pelo equilíbrio da pressão arterial, com pouco sal. Todavia, Cissa usava uma especificidade amazônica em sua tapioca, e era o que enchia os olhos de gula e a boca de saliva de todos os seus parentes e amigos: o tucumã.

O tucumã é uma palmeira típica da Amazônia Legal, podendo ser encontrada, inclusive, na Colômbia e em Trinidad. A palmeira é uma daquelas plantas da qual tudo se aproveita. Há o delicioso palmito de tucumã. Das sementes, é extraído um óleo utilizado em cozinha e cosméticos. Da madeira, fazem-se brincos. Das folhas extraem-se fibras, chamadas de tucum e usadas para confecção de redes e cordas. Mas o fruto era a parte da palmeira de tucumã que Cissa usava naquele momento. A polpa amarelo-alaranjada do fruto é apreciadíssima pelos seus nutrientes saudáveis, como ácidos graxos, vitaminas A, B e C. Além disso, seu sabor é exótico e combina perfeitamente bem com o queijo coalho com a tapioca.

Cissa peneirava a goma da tapioca em uma frigideira bem quente. Tinha que ser uma camada fina. Em seguida, colocava uma fatia de queijo coalho e salpicava lascas de tucumã. Isso era recoberto por outra camada fina e peneirada de tapioca. Quando a goma desgrudava do fundo da frigideira, Cissa virava a tapioquinha para assar do outro lado e esperava que ela desgrudasse novamente do fundo. Depois, colocava em um prato, passava manteiga e cobria com uma tampa. Era esse processo que ela realizava quando seu irmão e o seu marido chegaram.

– Cissa, *my love*, cadê você? – gritou Willy, da porta de entrada.

– Aqui na cozinha – respondeu Cissa.

– Trouxe teu irmão – falou Willy, entrando na cozinha.

– E o Tino? Cadê ele? – quis saber Cissa.

– Ele já deve estar chegando – disse Kel.

– Como assim? Vocês dois foram até o Amajari pegar o Tino, que estava lá no Paraíso e não voltaram com ele – grunhiu Cissa, com sangue já subindo pela cabeça.

– Calma, *my love*, ele vem. – abrandou Willy.

– É sim! Inclusive, ele veio primeiro. Já deve estar aí – explicou Kel.

– E o que vocês dois lindos e maravilhosos faziam, que não voltaram com ele? Posso saber? – inqueriu Cissa.

– Ah! A gente foi pescar lá no lago – disse Willy.

– E onde estão os tambaquis? – perguntou Cissa, totalmente desconfiada.

– Zero tambaquis! – falou Kel.

– Não estou entendendo. Vocês foram pescar no lago lá do Paraíso, e não trouxeram o peixe? Deixaram pra tia Clara e para o tio Chico? – insistiu Cissa.

– Se fosse isso, tudo bem. Mas o que aconteceu foi que os peixes não morderam a isca – disse Willy.

– Como assim?! Lá, nem precisa colocar isca no anzol, os peixes parecem que se fisgam sozinhos.

Outro dia até disse pra tia Clara que os peixes do lago padeciam de depressão, porque eles se deixavam pescar sem esforço nenhum. Pescador que queria emoção em pesca morria de tédio, porque ali os peixes não lutavam com o anzol. Qualquer leigo e amador na pesca conseguia pescar um monte de peixes sem dificuldade – exclamou Cissa.

– Mas não foi isso que aconteceu hoje no Paraíso. Nós víamos os peixes. Eles estavam lá no fundo, mas nem se mexiam direito. Colocamos as mais chamativas e saborosas iscas, e nada. Era como se eles tivessem medo de subir próximos à superfície – explicou Kel.

– Verdade, *my love*. Dá até um arrepio lembrar de ver aquela sombra escura no fundo do lago que o cardume de tambaquis fazia – confessou Willy.

– Isso sem falar nas garças, gaivotas, tucanos, araras, até as piranhazinhas brancas, que sempre vemos no lago, sumiram. Nem os passarinhos cantam mais. A gente só escuta o som do vento. Dizem que a Cruviana tá com tudo esses tempos – comentou Kel.

– Nossa, tudo tá tão estranho. Tanta coisa incomum acontecendo. Tomara que a Lena, a Lou e o Tino cheguem logo – Cissa disse, enquanto finalizava o preparo da tapioquinha.

Uns minutos mais tarde, Lena entrou pelo portão da casa de Cissa com seu notebook em um braço e uma sacola em outro. Na sala, Kel e Willy estão jogando videogame. Cissa estava sentada no sofá fazendo crochê, um hábito que tinha começado a cultivar. O resultado era uma infinidade de bonequinhos estilo amigurumi. Ela já estava até aceitando encomendas.

– Olá, pessoas! – saudou Lena.
– E aí? Como foi a Prelazia? – quis saber Cissa.
– Prelazia? – indagou, Kel.
– Sim, a Diocese. Eu fui lá mais cedo visitar a biblioteca – disse Lena.
– Encontrou algo? – perguntou Cissa.
– Não sei. Peguei uma cópia digital do periódico dos padres beneditinos, que a irmã informou. Só que está todo em francês. A Lou vai ter que estudar ele, porque é a única que fala francês daqui. Aliás, ela já chegou? – Lena perguntou, enquanto colocava o notebook em cima da mesa de jantar.
– Ela ainda não apareceu – respondeu Willy.
– E o Tino? Vocês não foram ao Paraíso pra trazer ele? – perguntou Lena, olhando de Willy a Kel.
– Ele já deve estar chegando também. Vocês duas são muito aperreadas – comentou Kel.
– Ok. Enquanto isso, eu vou colocar lá na geladeira esses dois litros de açaí que eu trouxe. Eu também trouxe farinha de tapioca para quem quiser – disse Lena.

Lena foi à cozinha de Cissa, pegou uma jarra, na qual colocou o açaí, e levou à geladeira. Depois pegou um pote de vidro e colocou a farinha de tapioca. Essa farinha, tão apreciada pelos habitantes da Amazônia, era o par perfeito para se comer com açaí.

No momento em que Lena saía da cozinha, a campainha da casa de Cissa toca, e Willy vai abrir o portão. Minutos após, Tino chega acompanhado de Lou.

– Finalmente! – disse Cissa.

– Chegamos. Não chorem de emoção – gracejou Tino.

– Engraçadinho. Onde vocês estavam? E por que você não voltou com os rapazes, Tino? – perguntou Cissa.

– Eu tive que ir ao IPRESVA-RR. Então, encontrei Lou, e resolvemos passar na Feira do Produtor pra comprar banana comprida – disse Tino.

– Tá bom. Lou, vem aqui. Eu quero te mostrar o que eu peguei na biblioteca da Prelazia – falou Lena, pegando Lou pela mão e levando-a até ao notebook, que estava ligado.

– Bom, eu vou preparar um mingau de banana, porque tenho a impressão de que essa conversa de hoje vai ser tensa – declarou Tino.

– Ah! Eu já tentei um monte de vezes fazer esse mingau, Tino, mas nunca fica igual ao seu – falou Cissa, entristecida.

– Vem me ajudar, que eu te ensino. Tem um ou outro detalhe que faz toda a diferença no preparo – confessou Tino.

– O que me deixa mais confusa é a hora de escolher a banana – disse Cissa.

– A banana comprida tem que estar no ponto certo. Se for muito verde, ela fica travosa; se for muito madura, o mingau fica ácido. Então, para o mingau de banana ficar especial, a banana tem que estar com a casca amarela, mas firme. Se estiver mole, passou do ponto – explicou Tino.

    Atenta aos processos culinários de Tino, Cissa começou a anotar, passo a passo, tudo o que ele fazia. Primeiro, Tino pegou três bananas compridas e as descascou. Em seguida, cortou as bananas e colocou em uma panela no fogão com mais ou menos três litros e meio de água. Após mais ou menos quinze minutos do início da fervura, Tino verificou com um garfo se as bananas estavam cozidas. Como o garfo entrou macio nos pedaços de banana, ele desligou o fogo, pegou cada pedaço de banana e os amassou com o garfo. Depois colocou a banana amassada de volta na mesma panela em que foram cozidas, inclusive aproveitando a água do cozimento, e voltou a ligar o fogão. Em uma vasilha, Tino colocou duas colheres de farinha de trigo, dissolveu a farinha em um pouco de água e despejou na panela, juntamente com a banana amassada. Tino deixou essa mistura de banana e trigo ferver por uns cinco minutos, depois acrescentou duas xícaras de chá de leite e duas colheres de sopa de açúcar. Assim, o mingau já estava quase pronto. Tino mexeu mais um pouco e finalizou o mingau com um punhado de sal.

    A cozinha de Cissa estava perfumada com o aroma de mingau de banana. Ela adorava essas reuniões de família. Elas eram sempre regadas a banquetes de comidas regionais. Cissa acreditava que compartilhar comida era um rito de concretização de laços afetivos e familiares. Dessa forma, Cissa expulsou Lena e Lou da mesa de jantar e levou tudo o que tinham preparado para aquela noite: açaí com farinha de tapioca, mingau de banana, tapioquinha com queijo coalho e tucumã. E, para beber, um delicioso suco de cupuaçu.

Quando estavam todos à mesa, Cissa fez uma oração de agradecimento e convidou todos a se servirem. Então, perguntou a Lou:

– O que tinha tanto naquele periódico em francês?

– Nossa! Muita informação sobre a região. Os números do periódico que a Lena copiou lá da Prelazia iniciam em 1909 e vão até 1914, quando começou a Primeira Guerra Mundial. Os autores são missionários da Ordem de São Bento, que vieram da Bélgica, da Abadia de Santo André. Vocês sabiam que a região que hoje é o estado de Roraima foi a primeira missão de evangelização em povos indígenas dos beneditinos, em todo mundo? É que eles eram monges, e o carisma deles não era missionário, mas sim monástico. Então eles escolheram o Vale do Rio Branco, como se chamava Roraima na época, e vieram – explicou Lou.

– Mas do que trata o periódico? – quis saber Cissa.

– O nome do periódico é *Bulletin des oeuvres et missions bénédictines au Brésil*, que significa Boletim das obras e missões beneditinas no Brasil. Eles eram inicialmente publicados bienalmente e tratavam das missões beneditinas nos vários estados do Brasil. Em 1910, quando a Bélgica passou a enviar missionários para o Congo, as notícias sobre a África passaram a fazer parte do boletim também. Entretanto, o mais interessante pra nós aqui é que eles relatam como foi o início da missão aqui, tipo, a viagem de navio do Rio de Janeiro até o porto no rio Branco. Eles também relatam sobre a introdução na sociedade boavistense da época. E o mais legal pra nós é que eles falam sobre o idioma, os costumes e as crenças indígenas. Só que eles escreviam em francês, porque os textos eram enviados para a Abadia de Santo André, de onde ele eram, e a abadia publicava o boletim e os enviava para os benfeitores da missão na Europa, ou então vendiam para quem quisesse – explicou Lou.

Nesse momento, todos pararam de comer e prestaram mais atenção ao que Lou dizia. Inclusive Tino, que de início não estava muito antenado à conversa, como se estivesse em outro lugar, colocou do lado a colher que usava para tomar o mingau de banana e focou na explanação de Lou. Lena, que já sabia o que Lou ia contar, pois estava junto quando a amiga teve acesso ao periódico, instigou:

– Conta pra eles da maloca, Lou.
– Como assim, maloca? – quis saber Tino.
– Então... Os monges beneditinos descreviam tudo o que viam de exótico. E maloca é um significante que eles não conhecem. Por exemplo, na Europa

não existe uma edificação semelhante, então eles descreviam com detalhes – explicou Lou.

– E o que é tão interessante para nós, que conhecemos o que é uma maloca? – perguntou Willy.

– É interessante porque, quando os beneditinos descreveram uma *maloque* que eles estavam visitando, no lado interno da maloca, eles descrevem vários adereços pendurados nas paredes, perto das redes. En quando eles perguntam ao *tuxaua* o que são, o *tuxaua* explica que são para espantar o *Canaimé*. Quando eles perguntaram o que é o *Canaimé*, o *tuxaua* disse que era um ser poderoso, que podia matar uma pessoa até pelo sonho, quando ela estivesse dormindo. Assim, eles usavam os amuletos para afastar o *Canaimé* dos sonhos – expôs Lena.

Nesse instante, ouviu-se um longo "Ohhh!". Tino tinha um semblante sério e não sorria mais, como quando chegou, e disse:

– Vocês estão pesquisando a fundo o *Canaimé*? É por isso que eu estou aqui? Pensei que vocês estivessem preocupados com o sumiço do André.

– Na verdade, os dois motivos, Tino – falou Cissa.

– Tá, antes de vocês contarem tudo ao Tino, deixa eu contar o que eu e o Kel vimos lá na comunidade São Francisco, perto do Urucaiana – interrompeu Willy.

– Contar o que? – inquiriu Tino.

– Elas já te falam, Tino. Primeiro deixa eu contar um babado. Depois que você saiu do Paraíso, eu e o Kel fomos pescar no lago. Daí nada de peixe. Eles só ficavam no fundo do lago. Então, quando estávamos saindo, passamos na comunidade São Francisco para ver se eles tinham farinha pra vender, pra gente não chegar aqui e de mãos vazias, né? Aí, o *tuxaua* deles, lá, disse que não tava tendo mandioca, ela tava apodrecendo ainda no solo. Disse que aquilo tudo, a mandioca, os peixes, era obra do *Canaimé*; que o *Canaimé* tava punindo todos pelo erro de um. Então nós perguntamos pro *tuxaua* o que era o *Canaimé*, né? E ele disse que era o justiceiro da natureza, e que ele iria se vingar daqueles que perturbaram o equilíbrio. Bem sinistro o cara. Ele ainda disse que, hoje mesmo, dois homens da comunidade estavam indo a cavalo, cedo da manhã, para o Tepequém, quando toparam com um *Canaimé* bem furioso. Os homens só não foram atacados porque os cavalos pareciam ter tanto medo quanto eles próprios. Os cavalos empinaram seus narizes e deram meia volta pra comunidade, na maior velocidade – relatou Willy, fazendo uma cara de pavor.

Após a fala de Willy, todos contaram as experiências que tiveram envolvendo o mito indígena da região. Tino escutou à todos muito atentamente, e a seriedade tomou assento em seu rosto. Cissa falou sobre o rapaz encantado pela Iara e sobre o caso do ataque da onça ao homem *yanomami*. Kel ratificou o crescente incidente envolvendo a onça pintada na região do Jundiá, e acrescentou o caso do menino Luan Capelobo. Lena e Lou contaram sobre o ataque de piranhas na praia da Polar. Em todos esses casos, havia relatos de envolvimento do *Canaimé* ou alguém referiu ter visto "alguém" com a descrição do mito.

— E então, Tino? — perguntou Kel.
— O que você acha disso tudo? — perguntou também Willy.
— É tudo muito estranho, não é? — questionou Cissa.
— Eu fico até arrepiada — confessou Lou.
— Gente, calma! Deixem o Tino falar. Vocês estão minando o coitado de perguntas — interviu Lena.

Fez-se um silêncio. Tino olhou para os amigos, um por um. A preocupação se estampava em seu rosto. Nesse instante, ele parecia ter envelhecido, com uma aparência de mais do que seus trinta e poucos anos. Tino respirou fundo e disse bem lentamente, com uma voz baixa e grave:

— Amigos, essa é uma situação muito delicada. Nós, os *penons*, temos nossas crenças. Existem coisas que vão além da compreensão de vocês, por causa da cultura, das tradições dos povos originários, que são diferentes das de vocês. Fazer essa reunião, por si só, é perigosa. Falar em *Canaimé*, por si só, é perigoso. O *Canaimé* é como um justiceiro para vocês. Ele é violento e faz sua própria lei, que geralmente é contra quem faz mal à natureza de uma forma ou de outra. Para muita gente, é um mito; mas, para a tradição e as crenças de muitos indígenas, ele é real. Tem poderes sobrenaturais, pode se transformar em bicho e controlar os animais também. É melhor deixar quieto algo que vocês não entendem – alertou Tino.

– Mas, como podemos deixar quieto, quando esse mito está invadindo nossas vidas? Eu juro que vi esse ser, espírito, ou sei lá como ele pode ser classificado, lá na Polar. A Lou também viu. Lá no Paraíso, está afetando a pesca, e até a alimentação de quem mora por lá. Os bichos estão atacando, e até uma suposta sereia de água doce está encantando os rapazes da redondeza – desabafou Lena.

– Pode ser coincidência ou não, mas o importante agora é deixar isso quieto e nos concentrarmos em achar o André. Tenho certeza que, depois que ele voltar, tudo vai se acalmar – disse Tino.

– Esse é outro problema. Onde se meteu esse André? – perguntou Cissa.

– Eu também não sei. Na última vez que eu o vi, nos separamos em Manaus. Eu segui para Porto Velho pela Transamazônica, e ele ficou pela região. Era para nos encontrarmos em Presidente Figueiredo, mas ele não apareceu – disse Tino.

– Eu soube lá pelo Instituto que André passou no INPA em Manaus. Ele tinha ido a Novo Airão e à Balbina. Depois ficou perguntando sobre a Ilha do Marajó – declarou Lou.

– Isso é muito estranho! – exclamou Cissa.

– É, sim. Mas meu instinto me diz que ele foi atrás da Inia – disse Lena.

– Também acho provável – concordou Cissa.

– Mesmo não querendo acreditar, eu acho que é uma possibilidade – falou Tino.

– Então, vamos ligar para ela agora – disse Lena, pegando o celular e já ligando para a americana.

Depois de alguns toques, Lena escuta a voz suave de sua amiga Inia e diz:

– Oi, menina. Tudo bem aí? – um pequeno silêncio se fez, durante o qual Lena podia ouvir a respiração pesada da amiga.

– Na verdade não está não, Lena. Uma coisa muito estranha aconteceu – confidenciou Inia à sua amiga brasileira.

Após ouvir atentamente o relato de Inia sobre o incidente com o boto-cor-de-rosa na Marina Jack e o sonho mais estranho ainda que ela havia tido com André, Lena disse:

– É, amiga! Eu só vejo uma saída para conseguirmos resolver tudo isso – asseverou Lena.

– E qual é? – perguntou Inia.

– Você tem que voltar à Amazônia! – afirmou Lena, e Inia, do outro lado do celular, concordou, com um menear de cabeça silencioso.

grupo novo século

Compartilhando propósitos e conectando pessoas
Visite nosso site e fique por dentro dos nossos lançamentos:
www.gruponovoseculo.com.br

‹ns

(f) facebook/novoseculoeditora
(⌾) @novoseculoeditora
(🐦) @NovoSeculo
(▶) novo século editora

Edição: 1
Fonte: Arnhem

gruponovoseculo.com.br

Continua...